时间成全故事

桂林市文学艺术研究室课题项目

桂林历史文化丛谈
李幸芷　主编

漓江两岸的流年碎影

凌世君　著

GUANGXI NORMAL UNIVERSITY PRESS
广西师范大学出版社
·桂林·

出版统筹：张　明
责任编辑：唐　燕
书籍设计：徐俊霞　俸萍利
责任技编：王增元　伍先林

图书在版编目（CIP）数据

漓江两岸的流年碎影 / 凌世君著. —桂林：广西师范大学出版社，2019.3
（桂林历史文化丛谈 / 李幸芷主编）
ISBN 978-7-5598-1583-5

Ⅰ. ①漓… Ⅱ. ①凌… Ⅲ. ①散文集－中国－当代②摄影集－中国－清后期-民国 Ⅳ. ①I267②J421

中国版本图书馆 CIP 数据核字（2019）第 015017 号

广西师范大学出版社出版发行
（广西桂林市五里店路 9 号　邮政编码：541004
网址：http://www.bbtpress.com）
出版人：张艺兵
全国新华书店经销
广西民族印刷包装集团有限公司印刷
（南宁市高新区高新三路 1 号　邮政编码：530007）
开本：880 mm × 1 240 mm　1/32
印张：12.5　　字数：273 千字
2019 年 3 月第 1 版　　2019 年 3 月第 1 次印刷
定价：58.00 元

序

毛荣生

为这样一本书写序，对我来说有难度。无须“妄自菲薄”，我确实清楚，自己一向比较散漫，在这方面用心不够，所以面对写序这件事，就有点惴惴不安。凌世君说：“你一个老桂林，你写，合适！”于是也就很散漫地承应了下来。

但是既承应了，自是不敢轻慢，就按照书的目录，在《桂林晚报》的电子版上，把这八十篇文章细读了。其实一开始，是带着“任务”、打起精神去读的，但读着读着，还真的来了兴致，有兴致，读得就轻松，就有味，就有了“悦读”的感觉。说实话，我很少这么老实的，按目录读下去，没有漏过一篇，没有跳着读，也没有“一目十行”，有的篇章还读了好几次。为何会这样？道理简单得很：这部书稿蛮有味道，让我不得不读，甚至不得不细读。

我是一个老桂林，与一般老桂林略有不同的是，我还曾长期从事报纸副刊的工作，仅以《桂林板路》这个栏目为例，我就编了十年有余。那么，一个老桂林眼中的这部书，是什么样子的？我对这部关于桂林的书，又有什么样的印象呢？

首先要说它的易读、好读。《光影桂林》，是《桂林晚报》为凌世君开的专栏，《漓江两岸的流年碎影》是这个专栏里所有稿件的结集。《光影桂林》，一看这个栏目名，就觉得蛮好，定位和特点一目了然，写桂林，有光影，以图带文，以文说图，图也珍贵，文也精彩。“有图有真相”不仅是栏目的特点，也是书的特点，既是“图说”，又是“说图”。文前一幅（或多幅）图，然后就介绍，就解读，就推衍，就考证，就娓娓道来地讲故事，就如数家珍地说旧人，两相一搭配，就能够吸引人读下去，不仅容易读得懂，而且读得很轻松。

其次说它的亲切感。图文所反映的东西，都是旧桂林的事，山水是过去的，房屋是过去的，路桥是过去的，所有的人和事，一并都是过去的。但我们是现在的，而这个“我们”，又是对那个年代的桂林有着浓厚兴趣和感情的，两相一结合，亲切感油然而生。特别像我这样的年龄，又有着旧桂林情结，看着那些图片，在那些文字的牵引下，穿越似的去体验、去感受、去辨别、去获得，那一份亲切感使人发晕。那些令人景仰的人物，那些使人炫目的景致，那些恍若昨夜的场景，那些讲了百年才讲清楚的事情，活生生地都在眼前身边、门前巷口，字里行间跳动着“亲切”二字，亲切到想哭。读这本书，独有一份感受，就是似乎体味到了一文一图的某种情境：某个时间段里的一些人和事，被作者打包，读者一头撞进去，便一起打造了一种很个人化的东西，它很揪心，难以言说。此情此境如能体悟，当是读这一类书至正至深的味道。而凌的这本书，似乎提供了让人读出这种味道的可能性。

再次是作者的文字风格，洗练平实却灵动自然，在从容平静的叙述中把该交代的全部交代给你，让你跟着去体察、去辨识、去感悟，从而获得一种最大的阅读效果，那就是与作者的“共振”——一种很简单却很难达成的平等沟通和共同获得。在读这些文字的时候，按说图在前，应该先读图再读文。我却不是，我往往一开始就切入到文字，看着看着，再回过头来，按文字的引导，细细地看图中的一些部位，读一篇东西会返回多次，终于有会心会意之感。读凌的文字，我觉得很轻松，没有负担，不用“端起来”去费心揣摩。从文章的结构、开篇到结尾，整个文字的进行过程，凌都没有给我很费力的感觉，即便一个很大的需要厘清和说明的事件，凌的整个叙述还是那样，简洁平实，有条理，有章法，从容不迫，不慌不忙。突然感到，一个隔着年代的东西，讲述起来，文字一定要干净，实际上干净最抓人、最自然，干净到极致，就沟通了过往和现时，甚至沟通到一点痕迹都没有。其实凌的文字很有这种风格，至少让我有这种感觉。

看了很多写旧桂林的东西，就文字上来说，我个人以为一直有一个道理：太“文”不妥，太“野”不当（或者说太“白”不当）。有些人以为民俗类的东西文字都该“野”一些、“白”一些，那样才无距离，才接地气，其实未必。所谓过犹不及，或许便是如此。这类文字如能在文野或文白中找到融合点，找到合适的方式，则“味道”便产生了，那种味道，简单而繁复，纯净而丰富，荡漾回旋，近似回甘。

接下来觉得的是，取舍有度，拿捏得好，在内容的选择上显示出作者周致而绵密的用心。关于桂林，这些年公开出版的文章多多，作者本人所写过的文章也是多多，而作者所掌握的图文资料更是多多，面对《光影桂林》这个栏目，选什么图片，写什么文字，是一件大费周章的事。我感到作者后来的选择，大的方向怎么走，总的来说选什么，每篇文章怎么写，都有自己的布局。现在栏目写完，要成书了，我们这一看，还真是很周全、很合理。

我觉得作者在取舍方面做好了几点：一是面广，涉及的东西很多，山川城池、历史人物、百姓百业无所不包，把过往岁月里那些零碎的画面，拼成一幅民国年间的桂林全景图。二是简省，即回避年复一年已见诸媒体的此类文章，做到不重复。这一点一定是要做好的，而且要很费力地去做，因为肯定要甄别哪些已写过甚至多次写过，而且又没有新的东西可以呈现的，就一定不要收进来。三是补充，有的题材、有的话题以往也见过，但因为有新的内容，研究有新的进展、新的说法，或者过去说了没说清楚的东西，现在来补足。四是新鲜，这本书所呈现出来的任何一个篇章，都是以往不曾见到或不完全见到的，哪怕我这样的老桂林，也都感到了新鲜，这着实不易。五是该繁则繁，宜简则简。有些事一笔带过，有的则一篇没写透，再写一篇，让读者充分了解到事情的全部以及一些细枝末节的东西，以不损伤信息量为原则。

其实，“钩沉”是这本书很有味道的一点。史海茫茫，一个城市走过这么多年，有太多讲不清楚的东西。很多事情在当时就不一定说得清楚，到后来更是难搞明白，人难说，事难说，山川风物，路牌房舍，都有说不清的地方。有的东西会以讹传讹，传得很像、很真，谁也不会觉得“讹”在哪里，就继续这样说着，“讹”也就不成其为“讹”了。从这本书看，凌做了很多事，尤其是其中的研究——调查、比对、分析、重组。凌就是这样，一点一滴，细细微微，把真相从那久远的泥土里挖出来，抽丝剥茧，寻踪觅源，让不真实的还原为真实，让不清楚的讲清楚了。我于是觉得这个“钩沉”的过程很有味道——我不说它很有价值，因为那是应该由方家去讲的东西。而这味道是我这类人切实感觉到了的。若要说价值，它不仅是史学的价值，更是阅读的价值。

与凌世君认识，有年头了，虽然平时各忙各的，来往并不多，但作为老朋友，关注是一直持续着的。在我的印象中，这个小妹妹虽然在某些东西上不拼不争，但在她的领域里，做事一直是蛮拼的，其成绩、成果，自然也就多多，早已是实实在在的专家。其实她写的很多东西我没看过，但是要有机会看到的，我一般都会认真地看一看，看了有时会在心里叫好，为朋友的每一点成长而由衷地高兴。

为这本书的出版而高兴，这高兴是很真实的，高兴之余还有点感慨，感慨到有点敬佩的样子。凌的这许多年，一步步走来并不容易，当然大家都不容易，但凌能够坚持，就殊为不易。这些年，凌做了很多事，写了很多东西，而且越写越好，渐入佳境。她常年专注于桂林的历史文化，始终不曾离开，当可称为执着。实际上桂林有一批这样执着的人，他们用心、专心、一片苦心，从不停歇地在走一条这样的路，为这座城市、为后人做了很多的事情，真真切切地令我们感动。所以我这里说的“敬佩”，不仅对凌，也是对许多同样专注于桂林文化的有心人。其实私下在一些场合我曾说过：像我们这样不够用心的桂林人，应该站起来，向那些有态度、有情怀、有作为，坚持为桂林做事情的人致敬，他们当得起“功德无量”四个字。

当然他们也很普通，只不过比一般的普通人有心而已。其实世界就是这样组成的，有各种层面的人，有作者就一定要有读者——当然，读者也可以很有心的。

最后说一句：一边看这些文章，一边我反复出现的想法其实是，如果我没有为这本书写序，如果凌不曾想过送一本给我，我肯定会去买一本，因为我喜欢这本书。这是我最真实、最简单的想法，不是广告。其实这一类书无须广告，哪怕不会热销，它也会长销或者常销。什么是生命力，这就是了。

2017年9月13日

目录

山水城池

1

百姓滋味

107

碎影流年

157

外篇

317

附录

349

漓江西岸局部之象鼻山以北

山水城池

城市记忆中的泥湾街

20世纪初，从漓江东岸西眺

漓江两岸居人稠密，江有浮桥以通行旅。

在桂林，许多老街景已经消失，逐渐淡出人们的记忆，以致当它们的旧时容颜出现在老照片中的时候，后辈们都难以辨认。铜驼荆棘，不过弹指一挥间，比如东江泥湾街，它的繁盛也不过是70年前的事情。

70年前，走过漓江上的浮桥或者后来的中正桥，向左转弯，沿着漓江东岸有两条街道：一为泥湾前街，即今之临江上里；一为泥湾后街，即今之东江路。这张照片，是20世纪初水东门到象鼻山段漓江两岸的风光，拍摄者所站的角度，为漓江东岸。照片的主景虽是漓江西岸，但从画面下方东岸建筑精致的墙脊房顶，我们不难看出，它与对岸有着同样的建筑密度和富庶程度。

清人马秉良在《云谷琐录》中的记叙印证了这一点："初，余侍祖经营生理顺遂，嘉庆十五年复在对河开行生理，因见漓江两岸居人稠密，江有浮桥以通行旅，往来者日千万人，实为冠盖通衢，负贩要道。"

泥湾后街在旧日桂林颇有名气，是当时桂林水面行业的经营中心。早在清末开始发展，至民国十年间逐渐兴盛起来，向为失意官

毁于战火的泥湾街，1944 年末至 1945 年

僚、殷商富户所居，屋宇建筑坚固，环境清静幽雅，前有漓江河，后有普陀山、月牙山，亦城亦乡，风景宜人。

旧时交通不发达，桂林城进出口各种物资均赖抚河（漓江旧称，亦作府河）木船运输。航船将各种土产运往平乐、梧州、南宁等地，卸货后，就地运回民生日用品供应本市。桂林城是桂北各县土特产的集散地，整个购销业务全属于水面行业，大部分经营业务又落在后街行各店的肩上，因而这条街业务成行，被命名为后街行，成为水面业中心，每天码头上起卸货物络绎不绝。

这条街的旧貌是老式的建筑，街面全部铺着青石板，家家有砖墙，街长千余米，宽五米有余。街面店铺建筑宽敞且深，户户有风火墙，一楼一底，楼上囤货，楼下营业。家家都有三五进深，每进皆有天井，天井两旁有大瓦缸养金鱼，四周栽花卉盆景，空气清爽，环境幽美。店门一律呈“日”字形，面朝漓江，后面则是刘家园。家家后进有晒台，抬头能望见普陀山、月牙山。每逢节日，后街行都非常热闹，特别是岁尾年头，家家争放爆竹，往往硝烟迷街，行人驻足。

这条街的全盛时期要算抗战时期。在孙中山先生北伐之后，桂林人口逐渐增加，民生必需品也跟着增长，各店的生意也就逐步欣欣向荣，老的商店虽有所没落，新的商店应时而生。抗战时由于前方失利，江浙一带的官商都来桂林定居，一时人口骤增，需求供应增大，各种物资非常畅销，只要买得来，不愁无利润。抗战初期就有六七家新开张的商店，如“恒胜生”“志义和”“福泰和”“志成庄”“三泰庄”“信孚”等，货如轮转，生意兴旺。尔后战火逼近西南，沦陷区疏散来的物资，急需后方来购运，致使桂林整个商业进入黄金时代，陡然致富的人为数不少，所谓“发国难财”，此其时也。可是好景不长，福祸相连，抗战期间，日机轰炸桂林，桂林城内外建筑时有被毁。1944 年秋天，日本军队攻打桂林城，守城司令韦云淞执行焦土抗战策略，日寇未至先把妨碍视野的房屋烧毁。日军攻城战，东江一带又是主攻点之一，最终泥湾后街行全部毁于兵燹，这条繁华的街道，从此一蹶不振。

“东渡春澜”的背影

20世纪30年代的桂林浮桥，后面沿江一带即盐行街

东门东渡柳青青，
雨后晴澜春水生。

宋代大文豪苏东坡，应赣州石城及八境台的修建者、知虔州军、孔子的第四十六代孙孔宗瀚之请，题诗八首在其所绘《虔州八境图》上，从此开了“八景文化”的先河，全国各地纷纷效仿。

“桂林八景”的提法，最早见于元代刘志行、吕思诚的桂林八景诗，经过长期的流传提炼，到清代中期以前，已经有了成熟和稳定的说法。同治年间，桂林人朱树德在浙江缙云县署陪侍当地方官的父亲，应父亲的要求，绘出了桂林八景的图形并加以解说，拿给父亲的幕僚观看。幕僚们看后纷纷询问，桂林的名胜只有这些吗？朱树德的回答当然是否定的。于是，朱父又吩咐儿子根据平时的了解，续写、图绘桂林的景观，又得八景。因此，在桂林的景观文化词典里，有老八景、新八景或续八景之说。

桂林老八景之第四景，就叫“东渡春澜”。这幅图画，便是当年朱树德所绘。他对东渡春澜的解说是：“东渡在府城东即漓江也。正德四年，都御史陈汝砺造舟五十为永济桥，厥后重修不一……春涨奔腾，飞涛千尺，城郭遥视，颇为壮观。”

如果说绘画还不足以表现出“东渡春澜”的壮观，那么，有一幅老照片，就是永远消失了的景观东渡春澜的写真。

朱树德在他的《桂林八景图说》一书的序言还表达了这样一层意思：粤西山水，胜甲天下，我们生于斯长于斯的桂林人，不可不知道桂林有哪些名胜，不可不了解这些名胜。

推彼及此，我们有必要来了解一下“东渡春澜”景观的内涵及其变化。我们目前所能见到的最早写“东渡春澜”的两首诗，是这样描述的：

一川晴日春融融，小舟如叶随春风。
微波摇人影不定，但见隔岸秋花红。
观澜老子喜忘归，会心妙处难得知。
何人江上唤船急，惊起白鹭翩翩飞。
——元·刘志行

东门东渡柳青青，雨后晴澜春水生。
月影流来波影碧，渡花飞起雪花轻。
涟漪忽动鱼翻藻，浩荡初开凫嚏萍。
终日静观还有得，层层天色一舟横。
——元·吕思诚

在诗句所呈现的画面里，有东门边的东渡和小船，有波光月影，有浪花飞溅，有游鱼飞鸟，却不见浮桥的影子。如果说，这两首诗还没有凸显东渡春澜景观中的地点东渡，那么，明代严震直的诗则清晰地描绘了东渡的场景：东门有长渡，绿长如葡萄。官棹数往来，

清·朱树德绘桂林老八景之一“东渡春澜”

1933 年，桂林漓江上的浮桥

小舟亦轻操。渡头日落行人语，歇马停鞭恐迟暮。皇华使节照中流，长啸一声惊白鹭。

可见，东渡春澜最早的景观内涵，是写位于漓江东岸东门边上的东渡，描绘春江水涨时，行人乘船渡江时的情景。

那么后来，为什么朱树德绘桂林八景时，“东渡春澜”一景又以浮桥为主景，其后人们在解释东渡春澜时，也把浮桥当作这一景观的主要元素呢？

这就需要说一说浮桥了。唐代柳宗元在他的《訾家洲亭记》中，描绘过通往訾洲的浮桥——“比舟为梁，与波升降”，可见，至晚在唐代，桂林就有浮桥出现。南宋扩建静江府城池时，东江门外的浮桥在《静江府城池图》上标注为“东江桥”。元代没有发现关于东江浮桥的文字，推断宋代所见浮桥年久失修，元代已不存。明代因浮桥缺失，两岸居民往来甚是不便，尤其是春夏水涨，波涛汹涌，摆渡人千方百计索要高额过渡费，舟毁人亡的事时有发生。明正德四年（公元1509年），官府重建了漓江上的浮桥，就是上文朱树德提到的那次，修缮后更名为“永济桥”。

浮桥的具体结构是什么样的呢？明代包裕所作的《永济桥记》上有详细记载：五十艘大船，用铸铁铸就的铁柱固定四周，每根柱子长六米，一半埋进水底泥地。左右两根铸铁锻造的铁索链，有三百多米长，横亘在船帮，系锁在铁柱上。另外，每艘船还有铁锚抛在水底，以保证在洪水汛期经得起风浪。桥面两侧，还安装有木栏杆，以防行人掉落江心。若是某年漓江汛期洪水水势太猛，官府便要拆散浮桥，将船只藏到东江九娘庙旁的小河汊里。

清人马秉良记录了他参与的一次对永济浮桥的维修：“因查木桥

跳板向用木尾两根串为一排，数排平铺，甚不稳便。经余酌议，用大木三根，两头钉铁圈，用绳穿系，连成一块，以免踏损松脱，船面铺板更用长条竹板横压两头并钉铁钉，使板块不致松动，行人往来，如履坦途。”

马氏还注意到，浮桥每日定时开口，让往来船只通行，而每当此时，两岸人流拥挤，有急事的人，时有被挤下江中的，其状甚惨。为此，马秉良邀约一些同道发起设立义渡，解决浮桥断开之时两岸人员往来交通问题。

新桂系结束了广西军阀混战乱局，1933 年，在白崇禧主持下，桂林城开始了 20 世纪第一次城市大改造。1939 年 9 月，国民政府开工修建了一座石墩钢木桁架上承式简支桥，1941 年 10 月 10 日，新桥建成通车，取名“中正桥”。它结束了永济桥的历史，而浮桥的生命并没有就此结束，而是加长后通往訾洲，继续使用过一段时间，具体拆除时间不详。

因浮桥建于古东渡之旁，昔人春天在东渡乘船所体验到情景，在浮桥上又别有一番体验。所以，永济桥建好之后，人们说起“东渡春澜”，画家画东江一带的景观，总少不了浮桥的身影。20 世纪 80 年代，有方家撰文指出：一些年来，不少人在谈到旧“桂林八景”之一的“东渡春澜”时，总是把它与漓江上的旧永济桥（浮桥）联系在一起，而且有板有眼地描述如何走在浮桥上，观赏漓江倒影美景，陶醉于大自然梦幻之中。其实，这种想当然的阐释，显然是不符合事实的。因为，“东渡春澜”这一景，是远远先于永济桥（浮桥）出现的。……方家的考据，固然是有道理的。但若说将“东渡春澜”与永济浮桥联系在一起的阐释是完全错的，我以为也未必，因为景

20 世纪二三十年代漓江上的浮桥

观的内涵不是一成不变，而是根据时代变迁而有所发展、有所丰富，只要不损害景观的美学意象，则清人有清人心目中的“东渡春澜”，元人有元人心中的“东渡春澜”，这里面没有对错。

但无论如何，在今天，东渡也好，浮桥也好，早已不存，“东渡春澜”这一景观，也只留下一个倩影，供我们怀想。

大学士牌坊

文昌门外大学士牌坊（局部）

为桂林历代所有牌坊之最精者。

历经岁月风霜、略显残旧而难掩昔日风华的石牌坊；挑着箩筐、一副短衣打扮、光着脑袋的清瘦农夫的背影；青石板街两旁低矮的木板房，远处露出一角的仿佛是立于城墙上的楼宇，这些画面构成了桂林古城的又一个经典场景，也是又一道永远消失了的风景。

每当看到一幅桂林的老照片，我们通常会想三个问题：这是哪里？什么年代？何人所摄？

后两个问题我们很容易解答，因为这些照片都有出处，就如这幅照片，它来自美国夏威夷大学曼诺分校图书馆，拍摄者是传教士约翰·沙克福德（John B. Shackford），拍摄时间是 20 世纪 30 年代。至于地点，没有山峰这个特殊的坐标参照，的确不那么好辨认。很长一段时间，人们根据远处的城门，推断它为“位于王辅坪的大学士牌坊”。而这个大学士，又被猜想为陈宏谋。

树牌坊是旌表德行、承沐后恩、流芳百世之举，是古人一生的最高追求。那么，什么样的德行才能够得到表彰呢？通常是功勋、科第、德政以及忠孝节义。

在 1934 年出版的《旅行杂志》上，我们看到了署名俞心敬所作的文章《桂林山水记》（二续），其中有一段关于大学士牌坊的文字："出寺（笔者注：开元寺）北行，经大学士坊下，万历间，为相国吕调阳立者。"在杂志上刊出的配图中，我们看见了一座模样相同的大学士牌坊，只是少了个挑担者的背影。

据此，我们可以断定，照片中的牌坊，不是位于王辅坪的为陈宏谋建的大学士牌坊，而是位于文昌门外大街的为吕调阳而建的牌坊。

吕调阳（公元 1516—1580 年），字和卿，号豫所，谥文简。广西临桂人。自幼聪颖，刻苦攻读。明嘉靖二十九年（公元 1550 年）殿试一甲第二名（榜眼），授翰林院编修，后历任国子监祭酒、礼部尚书、文渊阁大学士、武英殿大学士（次辅）、太子少保、太子太保、少傅兼太子太傅、吏部尚书等。留京近 30 年，以廉正闻名。与张居正合编《帝鉴图说》，撰有《佛塔寺碑》《全州建库楼记》《勘定古田序》《奉国中尉约畲墓志铭》等碑。

吕调阳是桂林第一个官至宰相的人，在明中叶以后的官场风云中，是一个不倒翁，一个"凭它风浪起，稳坐钓鱼船"的三朝元老。明王朝从宣宗朱瞻基开始，昏君辈出，奸臣蜂起，阉宦弄权，冤案

文昌门外大学士牌坊（照片来源：美国夏威夷大学曼诺分校图书馆；摄影：约翰·沙克福德）

从生，而且是愈演愈烈，一代不如一代，直至明室的衰亡。在吕调阳任官的嘉靖年间，大奸臣严嵩父子拨弄朝政，朝野上下，一片混乱。但吕调阳却能鹤立鸡群，不随俗浮沉，一味埋头苦干，尽心为明王朝服务，终于没有受到多大牵累。他持正不偏，不胁肩谄媚，不阿谀逢迎，更不溜须拍马。他手脚干净，因而奸党也就奈何他不得。严嵩有时要来拉拢他，他也坚持操守，“固谢不往”。在嘉靖至万历朝复杂的政治环境中，既能守正而进，又能见机而退，还能有所作为，始终纯明。万历年间，权臣高拱与张居正间的斗争也十分激烈，而吕调阳辅佐张居正改革，周至绵密，尽心尽力，既确保了改革的实施又不为政敌所忌刻。他先于张居正致仕还乡，急流勇退，从而避免了张居正死后被政敌攻讦而遭受的抄家之祸。所以后人论述这段明史，说吕调阳是“识时务的俊杰”，做到了“律吕调阳”。

他的家宅在桂林府城东面的文昌门外，后来被用作省府的铸钱机关——宝桂局。清代嘉庆初年，宝桂局还保存吕宅故貌，规模很大，“四周绕以墙垣，头门三间，二门三间，大堂三间……”（嘉庆《临桂县志》）。总共有房 100 多间，占地数十亩。其后岁月凋零，几经战火，吕宅故貌和宝桂局都不复存在。

吕调阳在普陀山有《施地记》石刻。其墓志铭《太保吕文简公墓志铭》由明万历朝首辅张居正撰文，次辅张四维书碑，详细记述了吕调阳的生平事迹，现藏于桂林市桂海碑林博物馆。因其在《明史》中无传，此墓志铭和所留石刻均具有宝贵的史料价值。

明朝的桂林城中有三个牌坊是为吕调阳立的：“榜眼”牌坊在十字街；“少傅大学士恩荣”牌坊在阳桥；“太保大学士吏部尚书谥增恩荣”牌坊在文昌门外。前两座牌坊不知所踪，而照片中的“太保

《旅行杂志》刊出的
大学士牌坊

大学士吏部尚书谥增恩荣”牌坊，在20世纪50年代有关部门编写的《桂林风景胜迹沿革考》中，我们可以看到这样一段记录：

吕调阳牌坊，在民主路，明，吕调阳建，整座牌坊，石刻镂空，有人物花果珍禽异兽各种浮雕，为桂林历代所有牌坊之最精者。抗战间因修马路拆毁。

清水池塘处处春

清末，杉湖东南端

一水中通，云影波光，湖阔天宽，倍增妍鲜。

桂林曾经有“千塘之市”的美誉。明代广东才子邝露在其美文《阳塘记》中说：“漩桂皆山，漩桂皆水也。漓江、阳江、弹丸、西湖、白竹躔城郭，匝月城。姑未暇论，即城中揭帝、梓潼、华景、西清，色色入品，惟阳塘最胜。阳塘东西横贯，中束以桥，东曰杉湖，西曰莲荡。征蛮幕府，镇守旧司，南北相望，演漾若数百亩。临水人家，粉墙朱榭，相错如绣。茂林缺处，隐见旌旗。西枕城闉，阳水入焉。”

文中所说景物最胜的阳塘，就是今天的榕杉湖。

榕杉湖的历史，最早可以追溯到唐代。在冷兵器时代，出于防御的目的，中国的城市都建有高大的城墙，城墙外挖掘宽阔的城壕，引进河水，以作护城之用，称为护城河。榕杉湖就是当时人工开掘的城南护城河，称为南阳江，元代称为鉴湖，明代城池扩建，成为内湖。

自明代始，官府衙门多设置在湖边，富绅名士纷纷于湖边结庐而居，文人墨客于湖畔咏诗作赋，一时间，榕杉湖成为桂林文化活动的中心。先后建有台湾巡抚、名士唐景崧的五美堂别墅，清代大

20世纪五六十年代的阳桥

词人王鹏运的祖居西园，国民党政府“代总统”李宗仁的官邸，桂系将领白崇禧的桂庐、教育家马君武的宅居等。

民国时期，桂林市第二任市长苏新民曾作《榕杉两湖——环湖公园小志》记叙当时的情况："盖其地东抵东城脚，今阳江发电所地，西达西城，原由城墙通一洞，连阳江与漓江之水，即'三川六漏'地，今城墙已拆卸，一水中通，云影波光，碧山府视，环湖屋宇，红墙碧树，倒映水中，湖阔天宽，倍增妍鲜。……今者，高楼大厦，耸峙其间，仕女如云，游观其地，市政府踞其北，省府招待所、社会服务处，据于南。树色波光，不减当年风韵也。"

新中国建立后，榕杉湖成为开放式公园，景区中的湖心亭、九曲桥、榕荫亭成为桂林市民休闲纳凉的好处所。人们深深地喜爱着榕杉湖，称它为桂林的镶城碧玉，又把它比喻为桂林山城一双明亮的眼睛。

历经四十多年的风雨岁月，榕杉湖景区逐渐老旧破败，湖水减少，水质发黑发臭，直接影响了桂林的城市形象。世纪之交，桂林市政府决定对桂林城进行大规模建设与改造，实施"两江四湖"环城水系建设工程，榕杉湖景区的建设与改造就是其中重要的一环。历时一年多，榕杉湖景区以崭新的形象出现在人们面前，成为桂林城中开放式的休闲步行公园。

如今的榕杉湖景区，湖面宽阔，水质清澈，不仅有古树名木、奇花异草组成的绿化地带；有小桥流水、曲径通幽的亲水步道和起伏有致的叠石驳岸；有充满文化气息的石刻雕塑；还有代表当今高新科技水平的大型音乐喷泉和流光溢彩的夜景灯光，构成了一幅幅人在画中、画在景中的人间仙境般的美景，处处充盈着以人为本，人亲水，水近树，人与自然融为一体的和谐气息，日益凸显出生态环保的效应，展示历史文化名城的丰姿。

桃花江上南门桥

20世纪40年代的善济桥

南北交通的重任，
城市建设的华章。

一座古老的城市在漫长的历史进程中会有许多故事发生，正是这些故事使城市变得鲜活，具有人文气息。

在今天，中国的绝大多数城市已经容颜大变，几乎难以看到城市成长的痕迹。但假如我们放慢脚步，仔细寻找和聆听，我们依然可以从一些蛛丝马迹中发现故事，或者说至少发现故事的线索。比如说，桂林人天天要走的南北主干道上的南门桥，就是一座有故事的桥梁。

南门桥位于中山路与桃花江相交处，是连接南北交通的重要桥梁。明洪武九年（公元 1376 年），建二孔石拱桥，因在宁远门外，得名宁远桥。正统甲子年秋（公元 1444 年），知府吴惠重修，后更名永宁桥。1944 年毁于战火。1946 年，使用联合国善后救济总署的善款，用以工代赈的方式重建此桥，改名善济桥，桥长 42 米，宽 12 米。1976 年由市政工程处扩建，桥面宽 18 米。

20 世纪 90 年代初，随着时代的发展、城市的扩大，作为交通要道的南门桥已日显狭窄，成为南北交通的瓶颈。南门桥的扩改被提上了市政府的议事日程，是那个年代桂林市最重要的事件之一。今

人也许难以想象，在当年，资金的筹措渠道非常有限，市场化运作方式更是闻所未闻，扩建南门桥这样一个工程，居然需要举全市之力。当时提出了这样一个口号——“人民城市人民建”，其含义，包括号召驻桂企事业单位、部队以及全体市民捐款，动员大量的机关干部、企事业单位工作人员、驻桂部队、中小学生参加义务劳动。

随着1991年7月到1992年1月再次扩建，南门桥在原桥南端增设一孔跨径10米、宽14.4米混凝土砌块拱桥，两侧4米处各新建一座钢筋混凝土双曲拱桥，桥4孔，每孔跨径10米。桥全长55.8米，总宽50.4米。桥面快车道宽14米，两边慢车道各宽7米，人

1991 年南门桥改造时，中学生义务劳动的场景

行道各宽 4 米，绿化带各宽 1.3 米，悬挑花池各宽 1.6 米，设白玉护栏六道，玉兰形桥灯两排，在新旧桥相隔处两端矗立题为“欢乐颂”的亚金铜像四尊，在桥东南角绿地建有题为“桂花时节”汉白玉雕塑一尊，市政工程设计室设计，市政工程公司、城市基础设施工程公司施工。投资 1450 万元，其中 319.5 万元是全市 150 个单位 12 万多人的捐款，168.6 万元是国际友人的捐款。

历经 20 年风雨岁月，南门桥的附属设施有了些许变化，比如北桥头的圆盘和灯柱、欢乐颂雕塑已经取消，但桥体本身却岿然不动，依然承担着南北交通的重任，续写着这个城市的交通华章。

民国纸币上的桂林城

广西银行发行的民国年间无年份版伍角通用辅币

南北七里三，东西五里半。

早在70多年前，桂林的城市风景就已经印在纸币上，为人们所认识：这是一张面额伍角的通用辅币，上面的图案有群峰、河流、依河而建的一道几乎弯成直角的城墙，以及连着城墙的孤峰。稍加辨认，我们就可以看出，这是漓江叠彩山到伏波山一带的风光。纸币由新桂系治下的广西银行发行，无发行年份，大约是在1936年到1939年之间，中华书局印制。

从入选纸币图案这一点我们可以推断，这个画面是那个时代桂林城市的标志性景观之一。

在英国布里斯托大学图书馆里，珍藏着一批桂林老照片，有几张与纸币上的拍摄角度以及呈现出来的场景极为相像，这或许就是纸币上照片的母本。

与后来中国人民银行发行的20元人民币纸币背面的漓江黄布滩风光不同，这张伍角纸币上的桂林元素要丰富得多，除了山水之外，还有城垣、湖塘、绿洲、房舍。最可说道的，当是那一道已经永远消失了的水岸城墙。

在桂林历史上，最经典又还有遗迹可寻的城墙就是宋城墙。

上：20 世纪 50 年代的伏波山及龙珠路一带。烟雨桂林，恍若仙境

右上：20 世纪六七十年代的叠彩山至伏波山风光

右下：1979 年 7 月的伏波山沿江一带——城边一峰拔地起，嵯峨俯瞰漓江水。江流到此忽一折，百道滩声咽江底

中国古代城市建设讲究规制，在平原地区建城，城市级别决定了城墙的高度、厚度和形制，而桂林宋城却是个另类。从刻在鹦鹉山上的《宋静江府城池图》看，城垣不算宽大，“南北七里三，东西五里半”，古城建设者不拘形制，顺应自然规划，依山傍水就势建设，静江府宛若天然造化，看上去不像城堡，更像一座大花园。

桂林人筑墙的材料也很特别，从东镇门、宝贤门、北门遗迹以及保存完好的桂林王城墙体可以看到，前人筑墙，就地取材，顽石劈凿成半张八仙桌大小的石块，依山垒砌，墙体与石山浑然一体，墙体连接孤峰，山峰便成了天然烽火台。

遗憾的是，历史进入民国之后，桂林城池经历了三次大改造。

20 世纪二三十年代，西风东渐，整个社会向现代转型，城墙这个冷兵器时代的护身符成了制约城市发展的紧箍，拆古城之风在中国蔓延。1922 年，孙中山在桂林下令修建桂全公路，施工时拆除了丽泽门瓮城，这是拆毁桂林古城墙之始。

1933 年，新桂系首脑白崇禧主持广西的建设，为迎接省会回迁，桂林市区大兴土木，马路扩宽，殃及城池，桂林城垣及十三座外城门及钟鼓楼被逐一拆除。桂林东城墙也难逃厄运，就日门段城墙拆除后，马路扩宽，新修建的大道命名为“桂花路”，民国年间很多达官贵人沿江建别墅，比如广西省主席黄旭初的别墅，就在这一带。1949 年后，桂花路因连通还珠洞与木龙洞，更名为“龙珠路”。龙珠路段民房由解放军接管，建设成干部宿舍和营房。

纸币上的这张照片，为我们保存了桂林古城卓尔不凡、不拘一格的剪影。

清末，从叠彩山上远眺伏波山八桂塘一带（照片来源：英国布里斯托大学）

有趣的是，在此后的各个年代，人们都会在同一角度留下桂林城这一隅的倩影。从照片中看，山河依旧，城垣不存，但那几乎弯成一个直角的马路，让我们仍然可以触及这个城市千年一脉的城市肌理。

穿山桥的前世今生

始建于明代的成顺桥，摄于20世纪三四十年代

桥在江东村，有古松十余章，出入必经。

照片中的这座桥，是 20 世纪三四十年代小东江之上的成顺桥，也就是现在穿山桥的前身。

漓江在伏波山之东分出一条支流，流经七星岩、龙隐岩，过穿山，又汇入到漓江。这条江，古称弹丸溪，我们今天叫小东江。旧时，临桂、阳朔、灌阳各地往来都必须经过这条江。小东江与漓江靠得很近。漓江的西岸有一座山叫宜山，也就是今天的象鼻山。象鼻山下有渡，叫宜山渡。明代正德年间以前，弹丸溪上原来有一座桥，与宜山渡做交通上的衔接，往来的行人逢小溪过桥，遇大江过渡，甚是称便。由于年久失修，后来桥崩塌了，不得已用小舟往来摆渡行人，一遇暴雨溪水上涨，难免船翻人亡，过往的人都望溪而叹。明正德五年（公元 1510 年），靖江王府命人在此重新修建桥梁，并拿出内藏之金，采石募工。建桥工程于正德六年（公元 1511 年）十二月动工，于正德八年（公元 1513 年）二月落成，历时一年余。从此之后，商人及民众往来如履坦途。

就在靖江王府动议并实施成顺桥建设之时，明正德五年（公元 1510 年）四月，福建莆田人周进隆擢升广西右按察使，正德八年

（公元 1513 年）正月任广西右布政使，正德九年（公元 1514 年）四月转广西左布政使（从二品，相当于现在的省长之职）。

靖江王做成了这件好事后，按当时的习俗，请地方官周进隆为之作记，周进隆感于“今是役能利民之利，使人颂感于不磨，卓然有可书者，故为书其事而又系以诗曰：……往而来兮万民攸利，桥之成兮功留江边，桥之功兮高出山巅，我诗之镌兮永百千年”。

正如大家从这幅照片中所看到的，当年的成顺桥为三孔石拱桥，每孔拱券大小相同，桥身皆由规整长块条石砌筑而成。拱券纵联分节并列砌筑。

古成顺桥的损毁年代不详。

20 世纪 30 年代末，教育家、古典文学家任中敏将汉民中学从南京搬到穿山之下的江东村，在穿山下住了很长一段时间。他有诗提及成顺桥，时在山河破碎、桂林即将陷入敌手的 1944 年 10 月，诗曰：

江山到底为谁留？最是萧墙阋未休。
欲起炎黄同一哭，子孙如此祖宗羞。
敌骑尤虚祸暗投，万家焦土恨难休。
可怜一曲漓江水，难洗千年八桂羞。
桂蕊西风缀满头，无端冷落画成秋。
遥思成顺桥边路，谁拾松针话旧游。
（和王子畏桂林寄诗篇）

诗后有注：桥在江东村，有古松十余章，出入必经。

20世纪60年代，这里的桥已经是石墩木面桥。1971—1972年修建钢筋混凝土双曲拱桥，由市解放桥工程指挥部设计，市政工程处施工。因设计上计算失误，导致桥台下沉、位移，1974年秋加固，1975年2月交付使用，命名为穿山桥。

因穿山桥桥面狭窄，后成为漓江路交通瓶颈。2008年，桂林市决定重建此桥。2009年12月30日，新穿山桥建成通车。新桥主桥为三跨连续梁桥，长113米，宽46米；匝道长404米，宽22米；引道长263米，宽18至50米不等；桥西穿山路立交下穿通道长396米，宽30米，东端穿山小街下穿人行通道长156米，宽5米。桥面设双向六车道，总耗资约1.1亿元。新建的穿山桥同雉山桥、漓江桥、上海路组成了桂林东南部重要的交通路道，连接了桂林市高新区和市区南部，有效缓解了上海路、漓江路的拥堵现象。

风光了近千年的八角塘

20世纪三四十年代的老人山及八角塘一带

独秀屹其孤，伏波嵘其伟，
前缭以平湖，为菰蒲萏菡之境。

八角塘位于伏波山、叠彩山与独秀峰之间，既是一口水塘的名字，也是一条小巷的名称。

在桂林人的记忆中，八角塘是个有故事的地方。清嘉庆年间桂林人阳星南曾撰《题钵园联》:“眼底双峰，玉洞风光凭领取；指南一卷，铁髯门户任推敲。”这里所说的钵园，是名医韦铁髯所建的私家园林，其地点就在八角塘边。关于钵园的建造和韦铁髯的经历，颇富传奇色彩，当是另一篇文章的主题。而钵园故址上，现在居住的是桂林画家林汉涛。小小庭院里，还藏着一个私人博物馆——林半觉艺术陈列馆，馆里的展品记录了馆主抗战前后收集、保护广西石刻的历程，跨省举办展览的盛况，以及当年与寓居桂林的各界名流相过从留下的金石篆刻、书画印章，其中不乏徐悲鸿、张大千等大家的真迹。20 世纪 50 年代到 80 年代，八角塘还曾居住过不少桂林名人，如林半觉、覃绍殷、黎国伦、郁钧剑、李侃、毛荣生等。郁钧剑、李侃、毛荣生等都曾著文，深情回忆在八角塘居住的岁月。

八角塘有着丰厚的文化内蕴，其历史可以追溯到宋代。广西经略安抚使程节于宋绍圣四年（公元 1097 年）兴建了桂林最早的人工园林八桂堂，园址选择在叠彩、伏波、独秀三山之间的“隙野”之地，“独秀屹其孤，伏波蹀其伟，前缭以平湖，为菰蒲菪菡之境”。其主体建筑是八桂堂，在八桂堂的北面有一片开阔的水面，其上建有流桂泉、知鱼阁，在湖心筑有中洲，在土丘上筑有熙春台等。

这是一座功能齐全的官修综合园林，既有官府驿站的功能，是桂林最早的“国宾馆”，又有城市公园的作用。贬谪岭南的官员们在园林景观与自然山水之间得到心灵慰藉，穿梭五岭的行脚商贾有了缓解旅途劳顿的交际场所，文人骚客更是有了吟诗饮酒的好去处。

八桂堂建成后对公众开放，为一时胜游之地，南宋有影响的几部著作《骖鸾录》《桂海虞衡志》《岭外代答》及文人题刻均有记录。

岁月更替，沧海桑田，明代以后，八桂堂早已不存，堂中的水面也已缩小了许多，乃沿袭旧称叫八桂塘，明代邝露所著《阳塘记》中称其为揭谛塘，仍是与阳塘（今榕杉湖）、西湖并称的景观湖塘。进入民国后，八桂塘逐渐被民居蚕食，水域面积明显缩小。在当地居民世代口口相传中，这个塘有了八角塘的俗称。

世纪之交的八角塘逐渐成了被遗忘的角落，周边乱搭乱盖现象十分严重，水面逐渐被蚕食侵吞；建筑垃圾、生活垃圾乱丢乱倒；生活污水未经处理直接排入塘内，脏乱差的问题非常突出，致使闻名遐迩的八角塘成了臭水塘。2007 年 3 月，叠彩区城乡清洁工程对此进行了一次大规模清理，使环境得到初步改善。

在桂林的城市规划中，八角塘及周边为“八角塘民俗风貌区”。我们热切希望，这个承载着老桂林无数美好记忆的地方，能焕发出新的光彩。

1944 年的十字街

1944 年，桂林十字街街景

桂林沦陷前夕，最后的街市繁华。

在中国传统城市的规划布局中，几乎都会形成十字交汇型的街道，称为十字街。而十字街又往往是一个城市的中心节点，商业繁华之地，譬如洛阳、襄阳、贵阳、赣州、南昌、哈尔滨等城市，现在还有十字街的街名，还保持着商业繁荣的格局。

作为有着两千多年建城史的桂林，自然也有自己的十字街。桂林的十字街是桂林古城核心区所在，也是桂林城区内最早有街名记录的街道。在南宋《静江府城池图》上，今十字街的道路标识仍依稀可辨，元至顺三年（公元 1332 年）刻于月牙山的《隐真岩建阁施舍题名碑》上，镌刻记录南宋末年一次捐款修庙活动，施主中有“十字街李大惠”，证明至少在 730 年前，桂林市区内已有十字街街名。

这张照片，画面表现的即为 1944 年桂林十字街的街景，视角当为从十字街东南角楼上俯望桂西街（今解放西路）。

自 1933 年以后，广西省城扩马路、拆老屋，城市向现代化迈进。到了 1944 年，十字街周边建筑物已是旧貌换新颜，西式骑楼取代了街市上原有的中国传统商铺建筑。

在画面的左下方，有一座具有现代意义的交通岗亭。岗亭上有多头的路灯，路边竖着电线杆子，有两位穿制服的警察在此值守。警察的站姿比较随意放松，显示街市比较平静和谐。街上有许多黄包车，说明那时虽有了现代化的马路和交通设施，但整个城市还是以人力车为主要交通工具。画面中有几个穿制服扎皮带的军人，军人的比例不算低，凸显了浓厚的战时氛围；许多贩夫走卒，挑箩引车卖浆者流，向今天的读者讲述着当年桂林人的日常生活；穿学生制服的人、穿棉袍的人、穿冬裙的人，有的母亲带着孩子，哥哥带着弟弟，有的貌似同学，他们或并肩或牵手而行，或拄杖而立，在街头闲聊；街上还有许多西装革履、头面整洁、气度不凡的文化人，与当地市民形成鲜明对比。画面右边路上堆着许多竹子，搭着脚手架，街边被毁坏的商铺正在修复。从抗战初期起，日寇对桂林市区实施了七年空袭。《桂林市志》（1995 版）载，据不完全统计，从 1937 年 10 月至 1944 年 8 月，日机入侵桂林 1218 架次，投弹 1710 枚。画面上的房屋多有破损，便是日机轰炸平民区所致。

这是一张非常经典的桂林老照片。它的质地是那么细腻，承载的信息是那么丰富。照片中那么多的人，都清晰地呈现着自己不同的社会状态，简直像电影里刻意摆出来的场景，而且还很有些移轴镜头的效果。在这张老照片里，桂林城在特殊年代中最日常最鲜活的一面，以最自然的方式呈现出来。这虽然是一张静止的照片，但可以读出许多动态的信息，可以看出一个城市在战火中向现代化嬗变的身影，马路、电线杆、街灯、岗亭、骑楼和形形色色的人们，定格在 1944 年桂林的十字街。是年 11 月，桂林沦陷。

这是桂林沦陷前夕，街市最后的繁华景象。

小十字街的回忆

曾经的桂林「时代广场」——
1935年的小十字街

小十字街曾经是桂林的『时代广场』。

在桂林，不仅有十字街，还有小十字街。白云苍狗，十字街的旧时风貌全无影踪，但至少还保留下名称和街道的格局走向，保留着往昔的交通节点功能和商业繁华局面。而小十字街，则消失得更为彻底，甚至连名称都湮没无闻，仿佛它从来不曾存在过。

小十字街位于今天正阳路与解放东路交叉处，所连接的两条街道，曾经是桂林最热闹，手工业作坊、商铺、戏院、金融机构最集中的地方。这是小十字街 1935 年的照片，摄影者是美国天主教外方传教会神职人员 Lavin。照片上街面开阔，道路干净而宁静；店铺上写着“饼食糖果罐头”以及“(全)球最新各种食品”等字样；街道的中心，已经有交通岗亭和路灯，碎石路面代替了青石板路，这是当年桂林市政处对城市进行现代化改造的成果。有意思的是这张照片的说明：“这是桂林时代广场的照片，拍照的当时很安静。广场有很多栋建筑物和几个行人。”我们都知道，时代广场是美国纽约市最繁华的商业广场，一个美国人把小十字街比喻为桂林的“时代广场”，而不是把十字街比喻为“时代广场”，可见此地在桂林城中的地位以及商业的繁荣。我想，这是水路运输时代此处更靠近漓江码头的原因吧。

拍摄者所站位置为今王城商厦门口，从东往西拍摄，当时桂林的建筑不高，远处的西山山峰清晰可见。画面上的主景街道，当时称为桂东路。明代称这条街为水东街。到了清代，东段称东门大街和东门外大街，西段称为后库街。广西布政司衙门的银库，桂林最早的钱庄、银行都设在后库街。这里曾经是桂林乃至广西长期的金融中心，也是民国时期桂林最繁华的地段。

小十字处的横街，即现在的正阳路，在清代，北段称正贡门街，交叉口称天平架街，中段称王辅坪，中南段称马柱脚，南段称三姑庙街。1933 年，因正贡门改为正阳门，将以上街道合并，称为正阳路。这条路是桂林做衣行、纸扎铺、戏服行、铁器行、梳篦行较为集中之地，也是桂林旧时桂剧、京剧、彩调演出比较集中之地。街口曾经有关帝庙，庙里有戏台。早期桂林商会也设在这条街上。

小十字街上曾经有我美好的青春回忆。20 世纪 70 年代末 80 年代初，我在正阳路上的桂林九中读书，每天都要从小十字街走过。那时，小十字街的东南角，即今天的王城商厦处，有一家米粉店，8 分钱 2 两的素米粉，是一个穷学生通常的早餐；街的对面，正阳路上，有家朝西开门的甜品店，那里有 5 分钱一个的咸粑粑、甜油堆，味道好极了，偶尔能买上一个吃吃，那真是一种享受。

在世纪之交的城市大改造中，随着正阳路步行街的建成，正阳路的交通格局已改变，小十字街作为十字广场的意义已经不存在，小十字街从此消失了。

市政建设、城市改造是一个动态的过程，如今，对桂林最后的老巷——东巷街区的改造已经完成，正阳路王城口又有了一番新的气象。

叠彩山下的定粤寺大雄宝殿

定粤禅寺在桂林北门内叠彩山麓，俗称大寺，殿宇雄敞，彩饰壮丽，内供佛像，高丈余，饰金嵌玉，极尽辉煌地势耸阔，规制宏整，会城称绝胜焉。

有道是“天下名山僧占多”，这不仅仅是指那些深山、大山，就是桂林城内外这些秀丽的风景名山、小山，也无不遍布梵音僧迹。只是沧海桑田，人祸战乱，到现在，我们很少能看到那些古刹的遗迹。这张照片，是叠彩山下定粤寺大雄宝殿的留影。

佛教在两汉之际传入中国。隋唐时期，桂林便已有佛教传入，尤其是唐代西山的西庆林寺及文昌门外的开元寺，为桂北地区佛教活动的中心之一，盛极一时。至唐会昌五年（公元 845 年）武宗下诏灭佛毁寺之后，桂林的佛教进入一个相对低潮的时期。

在唐代，风洞内便有摩崖造像出现，且历代都在叠彩山建寺造庙，举行各种祈祀活动。如唐代的圣寿寺；五代的千佛阁；明月峰上的马王台；宋代张栻在叠彩山筑有尧山坛、漓水坛，张孝祥建有仰山庙；元代在仙鹤洞内建有庆真阁；明代在风洞前建有普明庵。1000 多年来，叠彩山上香火不绝，佛缘不断。

清顺治七年（公元 1650 年），定南王孔有德率清军占领广西。孔有德（？—公元 1652 年），辽东（今辽宁辽阳）人，明末参将，后投降清军。1644 年随清兵入关，征剿李自成农民起义军，并镇压江南各地的抗清斗争，先被授为平南大将军，后改封定南王。孔有德“独虑粤西苗瑶杂处，圣教未足尽开其锢蔽，乃辟为禅林，以阴动之。盖愚氓进以仁义中正而不悟者，示以祸福死生而莫不惧，故佛者亦儒门之助也”。他为了纪念自己的战功及加强对人民的统治，于 1651 年在叠彩山原靖江王修筑的普明庵故址上修建定粤寺，取平定岭南之意，又名大寺，为当时桂林最大的寺院。

定粤寺位于四望山的南麓，“独秀峰峙其南，叠彩岩踞其后，地势耸阔，规制宏整，会城称绝胜焉”。大雄宝殿位于风洞前，为重檐歇山顶式建筑，寺内铸有大钟一座，大锅一口。寺院建成后，乾隆初年大雄宝殿毁于大火，加之日久崩损，故屡有修建。《重建定粤寺碑记》载：“先是葺于康熙己巳岁，久之山门倾圮。壬寅修之，后殿又圮。乾隆丙寅修之。”乾隆十一年丙寅（公元 1746 年）的大修，不但恢复了定粤寺的原貌，而且还增建了东西 12 间厢房，扩大建制。1755 年，广西巡抚卫哲治组织修整定粤寺。1786 年，多位地方官亦曾捐资对定粤寺进行维修。同时，定粤寺还置有田产，作为住持僧人管理寺庙的费用。康熙二十五年（公元 1686 年），定粤寺便得到官府拨给的 25 亩香火田。

到清末，定粤寺渐衰。民国初年，拆除部分寺屋，在其地建起广西法政专门学校，保留大雄宝殿。这张照片，就是大雄宝殿最后的留影。抗战时，大雄宝殿为战火摧毁，其原有的大钟和大锅移存在伏波山下，经历了 200 多年岁月的定粤寺从此消亡。后在叠彩山下其原址先后驻有广西医学院、广西师范学院中文系等，昔日佛家禅林，成了培养莘莘学子的校园。现已成为居民区。

漓江西岸的流年碎影

1942年，象鼻山以北的漓江江面及西岸（照片来源：美国威斯康星大学密尔沃基分校图书馆）

水路运输时代的繁华，江岸风光各有不同。

漓江流经桂林市区，穿城而过，清澈的江水，沿岸秀丽的山峰、翠绿的竹林、平缓的浅滩以及江上渔人的竹排和鸬鹚，俨然是一幅山水风景画。

依托漓江而建的桂林城，江岸风光却古今各有不同。

在冷兵器时代，高筑墙，深挖壕，用封闭的城垣来抵御外敌，漓江是桂林古城东边的天然屏障。在水路交通时代，象鼻山至伏波山一带，修建有多处码头，既是客货船舶的上落点，也是桂林连通外界的出发地。在 20 世纪初拍摄的照片里，我们可以看到水路运输时代的繁华。

图为 1942 年象鼻山以北的江滨风貌。视角为从中正桥看桂林漓江沿岸东腰街（今滨江南路）定桂门码头及码头外新浮桥。画面上方，横跨江面的船体连通，是 1939 年开始修建中正桥后，将永济浮桥移来此处加长后增建的漓江浮桥，作为中正桥的辅助过江通道。

明清两代，桂林东城墙北端集中了三个城门，而南端无一处出口。1925 年，白崇禧提议开辟新城门纪念平定广西军阀混战，故命名为“定桂门”。定桂门具体拆毁时间不详，画面右上方屋顶高耸处，

1942 年，伏波山以南的漓江江面及西岸（照片来源：美国威斯康星大学密尔沃基分校图书馆）

疑是定桂门城门楼。

清代桂林商贸繁荣，商家沿城墙建筑房屋，开设商铺，在城墙脚开辟出两条商街来。城内名伏波街，城外为古盐街。明清至民国年间，漓江—桂江全段，也称抚河、府河，是桂林的交通命脉，行春门沿江两岸码头，各类商埠字号、店铺钱庄遍布街巷，市井繁荣，逐渐成为桂北连接珠江水系的重要码头。桂北各县的山货土特产经马驮人挑集中到桂林，再经水路运到梧州，转向广州、香港，这一带是广西省会与湘南、广东沟通的重要码头。

1933 年，白崇禧主持广西模范省建设，桂林市区大兴土木，一时间，城墙从冷兵器时代的护身符变成了现代城市的紧箍，马路扩宽，殃及城池，桂林城垣及十三座外城门和钟鼓楼被逐一拆除，滨江风貌发生了很大的变化。尤其是经历了 1944 年的桂林保卫战及日本侵略者的毁灭性破坏，至 1949 年新中国建立时，漓江西岸滨江一带已残破不堪，江边的道路低洼狭窄，功能单一，交通不便。

20 世纪 60 年代，在时任桂林市委书记黄云的策划下，争取到了国家建委的支持，划拨了部分资金，修建河堤路，又发动全市各机关、企业、学校、街道，动员、组织义务劳动，沿路两旁栽种了香樟树。在全体市民的共同努力下，滨江南路首先建成；“文革”后，滨江北路也建设完成。如今，已将南、北滨江路改称为滨江大道。这条道路，从伏波山起，沿着漓江边，直到象鼻山，贯通市内多个重要景点，全长近 3 千米。尤其是滨江大道南段道路两旁的香樟，枝叶相交，蔚然成林，非常美丽，成为桂林著名的旅游景观通道。

漓江西岸滨江风貌的变迁，折射出桂林城的时代特征。

遥望上关

民国年间的上关、二江口

虞山、铁封山、叠彩山、伏波山，众峰排闼，争相供眼。

从漓江西岸木龙古渡遥望对河，天高水阔，远山逶迤。临江一带，房屋鳞次栉比，树木繁盛，泊船、码头、堤岸清晰可辨，以旧时堪舆家的眼光来看，此地前有照，后有靠，是风水极佳之地。这是民国年间，上关、二江口一带的旧影。

若置身彼时的上关，环顾四周，你会发现这里堪称桂林一处得天独厚的观景台，桂林新老八景中的许多景致，比如尧山冬雪、桂岭晴岚、栖霞真境、舜洞薰风、叠彩和风、东渡春澜等都在目力所及的范围之内。隔着漓江，拉开了一定的距离：虞山、铁封山、叠彩山、伏波山，众峰排闼，争相供眼，呈现着独特的面貌，或得水而壮、而险、而峻、而充满灵气。可以说，在这一地块上只要登上一定的高度，从虞山到象鼻山的漓江两岸和从二江口到大洲岛的小东江两岸风景名胜将尽收眼底。

一座城市也好，一座村庄也好，凡是有水的地方，必定活泛、灵动，何况是漓江和小东江这样清澈可爱的江河呢？

漓江于此地分流小东江，形成了二江口。在唐宋甚至更早的时期，文人墨客乘船游览桂林，自漓江经二江口进入小东江，游览东岸名胜如七星岩、月牙山、龙隐岩、穿山等。在宋代形成的桂林环城水系中，这里是重要的景观游览通道，也是桂林城内外连接的节点，有义渡方便两岸行人往来。

民国时期，桂林市市长苏新民在《筹建桂林风景市之拟议》中曾提出："一、水游道，拟自虞山脚之皇泽湾起，至二江口，此地在木龙洞对面，秋冬干涸，春夏水涨时，有水可通，略加疏浚，则水可贯流，沿城东通小东江；至国老桥附近，有灵剑江来会，溯灵剑上，有祝圣寺等名胜。再经七星山前，过花桥，漾月牙龙隐之阳，至下关，入漓江——东江诸峰，均临舫前，折入南溪，游南溪诸山。再转出，经象鼻山，入阳江，入城中，通榕杉两湖，沿途虽有淤塞，略加疏浚，即可连为一线。"天不假时，苏市长的规划，只是纸上谈兵。五十年后，桂林的另一位市长策划、实施了"两江四湖"建设工程，连江接湖，建成了环城游览水系，而在这个有关城市水系的宏伟战略构想中，它的二期、三期工程，将疏浚连接小东江，恢复旧时水上游览通道，自是题中应有之义。

当然，这一地块不仅承载着文人墨客的游观、风月，还有着交通、商业和财经上的意义。

从现在的桂林城市版图上看，这里位于城市的中心区域，但通过对宋以来的历代地图的对比，我们就会发现，直到 20 世纪 30 年代桂林城市开始现代化改造时为止，这一区域始终处于桂林城池之外，是典型的城市附郭区域。千百年来，这里是桂林水路交通的枢纽。清代，桂林在此设立税关（水关）以及厘金局，相当于今天高速公路的收费入口，收取过往商船货物的税费。因为是水路交通的枢纽，拥有码头、货仓等服务设施，是货物的集散地，也因为中国古代城市的特点，市附于城，置于城外，由此带来商贸业、服务业及娱乐业的繁荣。

随着公路、铁路、航空交通的日益发达，水路运输的地位下降，往昔水路交通枢纽的作用不再，居民多以向桂林市民供应蔬菜为主要职业。

新的历史时期有新的历史契机，上关、二江口的民国旧影，已然留在了城市记忆的深处。

繁华落尽雁山园

建于清同治年间的雁山别墅大门，至今尚存（2009年摄）

春秋多佳日，
林园无俗情。

繁华事散逐香尘，
流水无情草自春。
日暮东风怨啼鸟，
落花犹似坠楼人。

列位看官，这是唐朝诗人杜牧的《金谷园》诗，感叹一代名园金谷园繁华落尽后的情境。在桂林，也有一座名园，虽遗迹尚在，格局尚存，但若论起它曾经芳华绝代的园容，风云际会的人事，数易其主的悲怆，亦是让人唏嘘感叹。这座园林，就是雁山园。

雁山园，也称雁山别墅，位于桂林城南20多千米的雁山圩东侧。内有真山真水、天然岩洞，林木繁茂，建筑古雅，是一座规模较大而又具有地方特色的私家园林。人们赞誉它是岭南古典园林的典范，在造园艺术上是自然与人工相结合的佳作。

据资料推算，雁山园始建于咸丰末年或同治初年，至同治十一年（公元1872年）初成。园主唐岳聘请了著名的造园家、画家、建筑师为之精心设计，雇用了临桂、灵川诸县能工巧匠，精心施工，大兴土木，前后达十年之久，才大体完成。雁山园占地南北长 500 多米，东西宽 330 多米，面积达 15 公顷，为桂林和岭南所少见。园内有乳钟山、方竹山、桃源洞（又名相思洞、雁山洞）、碧云湖、清罗溪、涵通楼、澄砚（研）阁、碧云湖舫等，另在方竹山南边西侧还有花神祠等。桥、廊、亭、台、楼、阁、舫、榭，无所不有，重楼叠阁、奇亭巧榭，鳞次栉比，飞廊复道，纵横交错，络绎高下，金碧相辉。还广植奇花异卉，桃林、李林、竹林、梅林、桂花林，枝繁叶茂。理水置石，亭台楼阁，混人工与天然于一体。清杨瀚云："背山临流，极泉石卉木之盛。"其占地规模或建筑规模之大、耗费之巨，是地方史料内提到的官家或私家园林，如明代张氏园、明靖藩故园、因而园、陶家园、黄氏园、秦园、石兴甫园、芙蓉池馆、钵园、环碧园、湖西庄、杉湖别墅等，所不能比拟的。

涵通楼碧云湖区是全园的主景区，主要建筑有涵通楼、澄研（砚）阁、碧云湖舫、水榭、长廊、亭台等。涵通楼是全园主体建筑，为歇山二层楼阁，画栋雕梁，十分堂皇，楼内陈设着各种高级家具、古董珍玩和其他艺术品，登楼可览全园之胜。清刘名誉《雁山园记》称其："层楼巍耸，高甍华宇，气象钜丽，……"楼前设一戏台，据说四角还设有四个小亭，可以看戏，是唐岳藏书、宴客、聚友、玩乐之处。据《临桂县志》记载，其内"藏书千卷"。从唐子实用"十万卷藏书楼图记"的印章足以证明，此楼是当时岭南收藏图书甚为丰富的一处所在。唐岳与友人常在此处品诗论文。唐岳编辑的广西古文大家的文集也以涵通楼为名——《涵通楼师友文钞》，此书于咸丰四年（公元 1854 年）刊刻，其底板亦藏于此。

雁山别墅初步建成之后，冠盖云集，日日笙歌，极盛一时，只可惜园主唐岳在园子初成的第二年，即清同治十二年（公元 1873 年）就去世了。一代名园，就此沦落：或被乱兵践踏，贼人盗卖；或被挪作他用，加建只为实用、无关林园的建筑，这是后话。

这张照片，是雁山别墅的园门，门旁挂着一副集句联：

春秋多佳日，林园无俗情。

这个低调的园门自建好后一直保存至今。

西林公园今何在

西林公园（雁山园）一角，摄于1935年

稍事修葺，略复旧观，时人已惊叹为名园。

多年以前，曾在一个文人聚集的QQ群里，看见一位小有名气的桂林作家向人打听西林公园。我当时心下一惊，不过才七八十年，连桂林的文人都不知道西林公园就是雁山园吗？或者今日连雁山园也少有人知？“感川流之不息，陵谷之屡迁”，看来，曾经的园主岑西林的感叹值得再叹一回。

恰巧在桂林老照片里，看见了几张雁山园的旧照，有几张，当是西林公园时期的照片。今儿我就来说说西林公园。

话说清代桂林士绅唐仁、唐岳父子花费了十数年的时间，建造了一座惊艳岭南的名园——雁山别墅。园子依托真山真水，巧妙布局，亭台楼阁点缀其间。更有各种奇花异卉、茂林修竹、天然植被，把整个园子装点得分外雅致。且兼园主风雅，藏书颇巨，在园子初成的那几年，常有笙歌，不断诗酒，好不风光。可惜好景不长，园子建成没多久，唐岳就去世了，唐家后辈无力也无心维护这么大一座园子，也没人有能力购买这座园子。于是，大好园林日渐荒废，据记录，还曾经有老虎出没。

清光绪年间，有位大人物来游，既欣赏园子大气的格局，想见往昔的繁华，又惋惜今日之衰败，有意购下此园，养老自娱。这位大人物，就是与桂林有很深渊源的岑春煊。岑春煊是广西西林人，说起西林岑家，那也是颇有来头的：其族谱记载，岑春煊的祖上是

岑春煊

东汉时云台二十八将排名中第六位的功臣岑彭。在宋朝时，岑氏后人随狄青平侬智高，遂落籍西林，为上林峒长官司的世袭土官，乾隆年间改土归流，才成为平民。到其祖父岑苍松时，始以文学起家。岑春煊之父岑毓英因有军功，官至云贵总督，成为清廷的封疆大吏。

岑春煊因其父恩荫入仕，后又由于八国联军占领北京时，千里进京勤王，随扈慈禧太后与光绪帝西逃，深得慈禧太后赏识，后官至两广总督。

就是在两广总督任上，岑游览了雁山园，起意收为己有。他托人与唐家人谈判，因开价与出价相差甚远，许久谈不下来。坊间传说，岑费了许多周折，最后以四万两银子购得此园。稍事修葺，略复旧观，时人已惊叹为名园。但岑春煊因公务繁忙，很少在桂林居住，加上“桂海靡宁，群龙无首，大好园林，迭为兵舍，熏烟黝壁，马尽盈庭，竭泽而渔，拆槛取暖……”雁山园再一次遭到严重破坏。

日渐老迈的岑春煊定居上海，民国十八年，也就是 1929 年，他将此园捐给了广西省政府，并写了一篇短文，说明原委：

> ……余之购斯园也，非欲专之，实欲存之。今老矣，感川流之不息，陵谷之屡迁。深维一姓之力，爱斯园，必不若政府爱之之周至也。乃捐之为公园，公诸人。所望人人以为我有，由护持而整饬、而开拓之，以复唐先生之旧，且益宏焉。是余之志，犹余之望也。

广西省政府为表彰岑春煊以私产捐为公用，按传统习惯，以岑之字号西林命名之，称为西林公园。这是桂林市最早的两个公园之一。另一个为以独秀峰为中心、为纪念孙中山而建的中山公园。

满溪流水半溪花

20世纪三四十年代花桥下的市场

四轮明月伴芙蓉，半入澄江半化虹。

“四轮明月伴芙蓉，半入澄江半化虹。花好月圆情缱绻，长亭恰似广寒宫。”这首诗赞的是桂林城东小东江上的花桥，说起这花桥，也颇有一段来历：它初建于南宋嘉熙年间（公元1237—1240年），原名嘉熙桥，在刻于宋代的《静江府城池图》上，可见此桥的标识。元代时桥为洪水冲垮，明景泰七年（公元1456年），桂林知府何永全在原来的桥基上“架木为桥”，后年久损毁。嘉靖十九年（公元1540年），靖江安肃王妃徐氏发内帑倡建，改为四孔石桥，同时增旱桥六拱，以加强排洪。取宋代方信孺“雨脚初收鱼尾霞，满溪流水半溪花”之诗意，易名“花桥”。

康熙二十年（公元1681年），花桥第四次倾圮，广西巡抚郝浴主持重建。这一回，他将小东江桥河道深挖，使水流得以平缓，桥北两侧加筑垒石河堤，以缓解洪水对花桥桥体的冲击，并在水桥面上盖筑长亭，恢复了《静江府城池图》上的廊桥古貌，防雨护桥还可供游人歇息。

这一回效果不错，桥体看上去是真正坚固了，郝浴因桥西头东崖那块柱形巨石，将花桥改名为“天柱桥”。郝浴，字雪海，河北人，是清初一位以正直著称的汉族官员，曾因弹劾吴三桂而获罪20年，失去了一生最宝贵的时光，平反后于清康熙年间出任广西巡抚，为地方做了不少好事，修订了清代第一部《广西通志》。

旧时的花桥长逾125米，高逾7米，全用方整的石块砌成，共分两段。前段为旱桥，起排洪和济渡的作用，有5个拱，拱孔自东向西变小；后段为水桥，有4个拱，拱孔大致相同。桥面东段筑有一条长廊，饰以粗大的朱红色廊柱。全桥的桥拱、桥亭、栏杆和细部花饰，比例匀称，造型美观，反映出高超的建筑技术水平。

清代花桥造型外观与现代造型有较大区别，旱桥孔与水桥孔之间，有登桥台阶，桥东有桥头亭。旱桥下是集市。

图一是20世纪三四十年代桂林花桥北侧。当时花桥是水东街（今自由路）与码坪头街（今七星公园主干道）的交通要道，也是市区内居民春天上尧山踏青、挂纸山扫墓的必经之路，人群往来繁忙，旱桥下面是民间集市。从照片上，我们可以看见桥上的碑刻、桥头的民房、桥边的石级和旱桥下的市场。

图二是同一时期从南往北拍摄的花桥南侧的倩影。

20世纪50年代初，古桥再次倾倒，市政府组织重修，工程技术人员揭开了花桥屡屡坍塌的秘密。

原来，小东江看似清浅波柔，而河床底全是细流沙和细碎卵石，暗河纵横，再结实的石桥墩也扎不稳根基。古人建桥，采用了一种很特殊的手段稳住桥墩，九根巨大圆木拼一层，水底摞起九层，稳当当托住了石桥墩。也就是说，花桥变成了一座浮桥，才能抗得住水底暗流的冲击，只可惜木料最终还是糟朽了。

1965年，新花桥二号墩明显下沉，桥面严重下陷。1966年，政

图一：20世纪三四十年代桂林花桥北侧。可看见当时桥上的碑刻、桥头的民房、桥边的石级和旱桥下的市场

图二：20 世纪三四十年代的花桥南侧

府投资照原样修复。这是一次全面维修：桥梁基础按新技术加固，桥体青石砌筑，汉白玉栏杆；桥东段为廊桥，顶上盖有琉璃瓦，可供游人避雨观景，并增加了一个旱桥孔。现存花桥长 134.66 米，水桥宽 6.6 米，旱桥宽 5.3 米，水桥 4 孔，旱桥 6 孔，桥廊高 4 米。1963 年列为广西壮族自治区重点文物保护单位。

花桥自古景色迷人，桥上赏景，可见水光山色，绮丽幽雅，远眺花桥，桥孔与倒影，就像四轮明月，映入江中。因此，“花桥虹影”被列为桂林新二十四景之一。

五十多年过去了，花桥至今坚如磐石。

桂林《十六尊者像》的诞生之地

20世纪三四十年代的华盖庵远景，隐山周围是收割后的农田，一片荒芜

隐山华盖庵，循袭遗迹，扩而新之。

山不在高，有仙则名，水不在深，有龙则灵，庙不在大，有宝则神。

熟悉桂林历史文化的人都知道，在桂海碑林博物馆里，藏有佛像精品《十六尊者像》。这组镌刻于石的精美佛像，一石一像，各高111—113厘米，宽48—51厘米。每幅画像上方均刻有该尊者的名号位次和像赞，在第四石上还有乾隆皇帝题识12行。画像线条圆润，笔力雄健，刻工精湛。

这《十六尊者像》的诞生地，就是清代乾隆年间所建的华盖庵。老照片中的华盖庵，拍摄于民国年间，当是光绪年间重建的。

华盖庵位于城西隐山东麓朝阳洞前。清乾隆五十七年（公元1792年）由江西临川人李宜民出资，浙江武林（今杭州）人沈小楼督工，在原僧舍旧基上兴建，“循袭遗迹，扩而新之，既周以高瓦巨桷，云构藻饰，敞之于庭堂，竣之于阶级”，附近景物也整治一新。李宜民还请书画家王凤冈书《金刚经》《大悲咒》等，镌刻于石，嵌于庵内墙上；同时摹刻老子像、观音童子像、十六尊者像，分别嵌于朝阳洞、北牖洞、华盖庵内。后人又于朝阳洞左壁置一黑色石雕弥勒佛，与先置于右壁的老子像相对，佛道同处，成为华盖庵一景。

这其中的《十六尊者像》，源自唐末五代初，为前蜀画家、诗人、书法家释贯休的作品。贯休俗姓姜，字德隐，浙江人。七岁出家为僧，唐昭宗天复年间（公元 901—903 年）避乱入蜀。蜀主王建尊其为“禅月大师”。所作水墨罗汉及释迦弟子诸像，性格突出，神情各异，均是工笔人物画的上乘之作。

据资料记载，贯休的《十六尊者像》始画于唐僖宗广明年间（公元 880 年），前后用了十多年。按顺序排列，分别为宾度罗跋堕阇尊者、迦诺迦伐嵯尊者、宾头卢颇罗堕誓尊者、难提密多罗庆友尊者、

20 世纪三四十年代
华盖庵内景

拔诺迦尊者、脱没啰跋陀尊者、迦理迦尊者、伐阇那费多尊者、戒博迦尊者、半托迦尊者、罗怙罗尊者、那迦犀那尊者、因揭陀尊者、伐那婆斯尊者、阿氏多尊者、注荼半托尊者。这组画像笔法回线曲折圆润，遒劲紧密，犹如铁线描就。所刻画出的诸罗汉均毛发浓密，高鼻深目，带有早期罗汉梵相特点，他们的表情神态，各具人世间喜、怒、哀、乐：有眉长拖地，慈眉善目者；有高鼻巨口，喜笑颜开者；有宽额火眼，金刚怒目者；也有闭目养神，神态安详者，生动地再现了古代佛教僧侣苦苦修行的坚毅、虔诚的性格特征。在表现手法上，贯休还借鉴了我国古代画家描绘隐士遁迹山林修身养性的意境，以经书、念珠、香炉、手杖、草鞋、柯木、石凳衬托画间，从而寄托了自己渴望安宁生活的强烈愿望。

自宋至明，数百年间，《十六尊者像》迭经流离播迁，清初始为浙江钱塘圣因寺收藏。桂林华盖庵《十六尊者像》就是摹自圣因寺所藏《十六尊者像》，由桂林书画家王凤冈钩画于石，谙于章篆的山阴人孟季堂奏刀，勒石供奉。

“文革”期间，为使这组珍贵的文物免遭噩运，桂林市文物工作者将其运往八路军办事处收藏。之后，这组石刻像一直由市文管会保藏于榕树楼。为使这组珍贵的文物早日与观众见面，1985 年，《十六尊者像》移至桂海碑林博物馆新建碑阁中陈列展出。

华盖庵继清乾隆年间李宜民捐资重建后，道光二十年（公元 1840 年）又重修了一次，咸丰十年（公元 1860 年）被毁，光绪十九年（公元 1893 年）又重建，抗日战争时再被损毁，1949 年后改建，1989 年定名法藏禅寺，延续至今。

北门在哪里

二我轩照相馆拍摄的民国时期的桂林北门，拍摄角度为从北向南，照片远处的山峦为叠彩山仙鹤峰

北门、北极广场，命名都源于桂林古城池。

说到北门，仍记得小时候常玩的游戏：两个人抬着一个小孩，一个抬头、一个抬脚，左右来回摇晃，边摇边唱："洗韭菜，洗白菜，洗 ké（桂林方言读音，"去"之义）北门卖。"至于为什么要洗到北门而不是西门南门去卖，我们不得而知，因为儿歌讲究的是趣味，不是道理。在童年的游戏中，我们建立了最初北门的模糊概念。及至后来，我们有机会去到"北门"，才知道在当代桂林的语境中，"北门"是一个泛指的区域，并没有什么"门"。

然而，"北门"曾经是一个真实的存在，只是我们这一辈不曾目睹，它的真身，只能从照片中惊鸿一瞥。

说到城门，就要说到冷兵器时代中国的城池，就要说到桂林城的来历。

当桂林的先民们脱离穴居生活之后，便逐水而居，在今日称为漓江的河谷平原上形成聚落。秦末汉初，岭南地方势力割据，南越王拥兵自重，以番禺（今广州）为据点，与中央王朝分庭抗礼，在此聚落以北 80 里的灵渠、漓江汇合处建立越城对抗汉廷，这个聚落便成为南越国的支前重地，得到相应的发展。西汉元鼎六年（公元

20 世纪 30 年代，桂林安定门（北门）月城一角

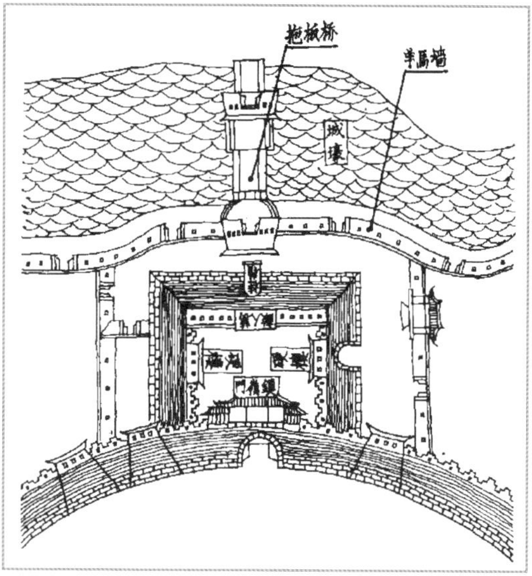
拖板桥
羊馬墻
城壕

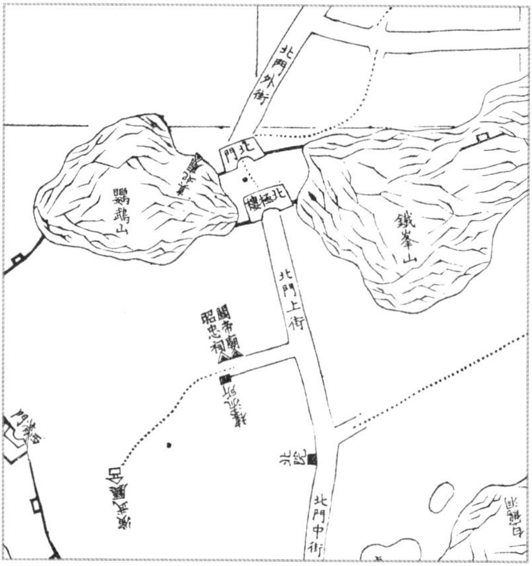
北門外街
北門
北極樓
鸚鵡山
鐵峯山
北門上街
關帝廟
昭忠祠
北門中街

前 111 年），雄才大略的汉武帝平定南越后，反过来又把这个聚落作为控制岭南地方割据势力的前哨阵地，予以经营，在此设始安县，在血与火的争战中，一座军城从此宣告诞生，这就是桂林。

在此后近两千年的冷兵器时代，由于其“被山带江，控制数千里”的战略优势和其控御南疆少数民族和南海诸国的地位和作用，其军事职能一直没有削弱，成为历代兵家必争之地。

据明代陈琏主撰的《桂林郡志》记载，汉始安县城（今桂林）周三十里，高一丈二尺。有八个城门：（1）威远门，在原甘棠桥之北，今东安路铁路立交桥附近。（2）肃清门，在原将官所之西，今三多路与翊武路交会处。（3）朝京门，在旧北门之北，今叠彩电影院东南附近的大街上。（4）龙堂门，在白龙洞前，今南溪公园大门附近。（5）阳亭门，在今象鼻山南侧象山南路约 100 米的古宜山（象鼻山曾名宜山）渡附近。（6）通波门，在雉山之南，今山麓附近的供电局内。（7）伏波门，在八桂堂之东，今滨江路北端附近。（8）洗马门，在旧水车巷东，今叠彩路与龙珠路交会处。

上：《静江府城池图》（局部）

下：清末《桂林省城图》上的北门一带（局部）

自汉至唐，桂林城迭经修筑，尤其是宋代，作为国家重点防御工程，得到朝廷四次拨款，经四任“市长”的努力，终于修筑完成。从完工后刻于鹦鹉山上的《静江府城池图》上看，宋代的桂林城池，其东以漓江为天然水壕，西挖人工水壕，南以桃花江为壕，正北以鹦鹉山、铁封山为屏障，续以雉堞，修筑北门。并筑瓮城、月城拱卫。宋代的桂林城池修建得十分经典，被誉为金城汤池。

自宋以降，作为冷兵器时代护身符的桂林城池仍然不断地修缮，其中，明代由于靖江王开藩桂林，桂林城池有所扩展，但北城门一线，基本格局依然未变。

从清末《桂林省城图》上，我们可以看到北门一带的街巷格局，有意思的是，附近的街道多以北门命名：北门外街、北门上街、北门下街。在地图上，北月城的北门被称为北门，而北月城南边的门楼，则标为北极楼。说句题外话，原来北极广场的命名也是有来由的哦。

北门现在已然成为桂林城市的一段历史记忆。它是何时最终消失的呢？据不止一位老人说，他们在“文革”时还曾看见过图片中的北门。

感谢二我轩照相馆，为我们留下了桂林北门的完整影像，包括城门、城楼、城墙！

虞山，桂林历史上的圣山

20世纪三四十年代虞山脚下的虞山庙，也叫舜庙。传说四千多年前，华夏文明始祖之一的虞帝南巡曾到这里，秦人立庙纪念，虞山庙成为桂林市最早的庙宇虞山之『舜洞薰风』被列为桂林八景之一。

虞山位于桂林城北，孤峰拔起，矗立漓江之滨，其山体呈尖笋状，漓江从它的东面迂回而下，黄潭荡漾于北麓，山光水影，景色优美。古代桂林地方官吏经常在此举行各种祭祀活动，是桂林历史悠久的名山，也是人们乐游的胜地。

关于“虞山”的得名，有一段美丽的传说。四千多年前，虞帝由北进入桂林时，第一眼看到的便是玲珑俊俏的虞山，并于此驻扎。在虞山停留期间，他向桂林的黎民百姓传授农耕、医疗保健等方面的知识和技术，为人民做了大量的好事。桂林人民十分怀念这位贤德的明君，因此，把这座山命名为虞山。秦人立庙纪念，延续至今已有两千多年历史，古往今来，祭祀贤帝者络绎不绝，使虞山和虞帝庙附丽着浓郁的文化色彩，积淀了丰厚的历史文化底蕴。

虞山西南麓旧有舜庙（又称舜祠、虞帝庙），庙建于何时无考。唐建中元年（公元 780 年），朝议郎守尚书礼部郎中上柱国韩云卿、朝议郎守梁州都督府长史武阳县开国男翰林待诏韩秀实、京兆尹人李阳冰，曾合璧作《虞庙碑并序》于虞山，该碑被称为三绝碑，此为记述舜庙最早的一方石刻。南宋淳熙年间（公元 1174—1189 年），著名理学家张栻任静江知府时，组织修复虞帝祠，请著名理学家朱熹写《虞帝庙碑》镌刻在虞山上，云“虞帝祠在城东北五里，而近虞山之下、皇泽之湾，盖莫详其始所自立，而有唐石刻辞在焉。南宋淳熙二年春二月，今直秘阁张侯栻始行府事，奉奠进谒，仰视栋宇倾垫弗支，图像错陈”，于是“命撤而新之”。这是有记载的第一次修葺。此后，修葺之事历代均有。今殿堂、僧舍已废，遗址尚存。

在虞山南麓，有石门一道，沿石级徐徐而下，一洞历历在目，洞口刻有“熏弦”“韶音洞”字样，这就是历史上有名的舜洞、韶音洞。由南洞口入，初感窄隘幽暗，行其中十余步，豁然开朗，爽气披襟。洞中题刻很多，著名的有宋代方信孺的《古相思曲》、朱晞颜的《咏韶音洞诗》、张栻的《韶音洞记》以及明清时代游人的诗文题画。据记载，洞前旧有古松数十株，疏枝密叶，交撑互拥，圆若轩盖，高若旌幢。洞后有深潭，清风吹来，前掠松林，后拂潭波，风声、水声、蝉鸣鸟叫声，传至洞中，就像虞帝奏起的“韶音”。元、明之际，“舜洞薰风”被列为桂林八景之一。

虞山南山腰在宋代建有南薰亭，亭东可望漓江，南有松林，亭北山水交织，一派灵秀景色。

元代，广西道肃政廉访使乜儿吉尼重修虞帝祠和南薰亭。明清两代，虞山依然是吸引游人的地方，虞山的祠庙和南薰亭均有修葺。抗日战争期间，虞帝庙和南薰亭毁于战火。

虞山东北麓临蚂蝗洲，洲西漓江小岔河水面为旧时楠竹囤积之处，也是柴禾、木炭交易市场。虞山北岩下口曾有深潭，即黄潭（又名皇潭、皇泽湾），今已缩小为虞山公园内一汪小水塘。

左：虞山为桂林开发较早的名山之一，相传虞帝南巡曾到此山，故名虞山。图为20世纪三四十年代的虞山

右：民国初期，由上海商务印书馆印制的桂林山水明信片上的虞山

一株见过黄庭坚的大榕树

民国年间，榕湖北岸大榕树一带的风光

我与竹君俱晚出，两榕犹及识涪翁。

每当看到一张老照片，我们都会去追寻它的现状。抚今追昔，我们又常常心生感叹——岸谷之变，物是人非。桂林比别的城市好很多，因为青山依旧在。有青山当坐标，我们还能辨认出这是哪个方位、哪条街道。

而这张老照片却不同，它不靠山峰做参照，仍然可以让我们一眼认出这是哪里：因为照片里的这株榕树，至今还枝叶婆娑，站立在那里，不悲不喜。周遭的环境，不断发生改变，照片中，湖水清浅，岩石裸露；岸上的民房，临水而建，飞檐翘角。这是民国年间榕湖北岸大榕树一带的风光，让我们从这里出发，去追寻它的前世今生。

北宋崇宁三年（公元1104年），被贬谪宜州的大词人、书法家黄庭坚途经桂林。他虽广有文名，但被朝廷贴上了罪人的标签，无人敢搭理，一个人静悄悄地来到这里，将一叶扁舟，系于一株榕树下，登岸观景，写下了一首诗："桂岭环城如雁荡，平地苍玉忽嶒峨。李成不在郭熙死，奈此百嶂千峰何？"时过境迁，前朝的政治禁令难以阻碍后人对文学大家的景仰，南宋理学家张栻知静江府时，在黄庭坚系舟处建榕溪阁，以志怀念。又过了若干年，文学家刘克庄来到这里，用一首诗表达了他的心情："榕声竹影一溪风，迁客曾来系短篷；我与竹君俱晚出，两榕犹及识涪翁。"啧啧，"两榕犹及识涪翁"，这句话透露了一个信息：这里原有两株榕树，而这两株榕树让刘克庄无比羡慕，因为它们见过黄庭坚。

这两颗榕树实在是太能长了，长了几百年，浓荫蔽日，其中一株依附城门而生，气根缠缠绕绕，跨过旁边的门洞，以至人们给这个门起了个俗名"榕树门"，城门上的楼，叫榕树楼。后来，清朝桂林籍一位叫朱树德的文艺青年陪同他当县官的父亲客居在浙江一个小县城，因怀念家乡，绘出了桂林八景。父亲的同僚、幕宾看后追问，难道桂林的景观就是这些吗？朱树德想都没想，回答说，当然不是啊。父亲说，既然不是，那就赶紧再把它们画出来吧。于是，朱树德凭着记忆，又画了八景，这就是后来人们常说的桂林新八景或者续八景，其中之一就叫"榕城古荫"。

非常可惜，其中一株榕树后来死掉了。另外一株，也在20世纪末遭遇危机：1999年4月初，有市民给时任市长李金早寄了一封"鸡毛信"，拆开粘着一根鸡毛的信封，"救救大榕树"几个字赫然醒目。鸡毛信！这种战争年代曾经有过的通信方式，代表着"十万火急"，有着不同寻常的意义。信中说："入春以来，本来枝繁叶茂的大榕树突然变得枝条委顿，黄叶飘落，苍老的树干上爬满了硬壳的铁甲虫，这棵历经千年，令全市人民引以为骄傲的古榕树危在旦夕……"

信中所述的情况，李市长已经知悉，并且已要求园林部门组织专家研究病因，拿出了拯救大榕树的具体方案。在其后开展的"两江四湖"环城水系建设工程中，新桂林的建设者对历史文化信息进行了最大限度的利用和有效的组织，除了保护好大榕树，又建起了由系舟亭、艺术长河、诗碑、石船组成的“黄庭坚系舟处”景观。整个景观实中有虚，富有张力，见物如见人，处处让人感觉到黄庭坚曾经的存在。

如今，站在当年的拍摄点，以与照片相似的角度望去，除了满湖碧水，凸显在眼前的，依然是这株榕树。它的气场如此强大，那些亭子、老城门以及后面的建筑，都在它的浓荫遮蔽之下，连古城门后的路，也叫榕荫路。

这株大榕树，绝对是桂林城的一个历史文化地标，桂林城的一座传奇。它活了900多年，它见过宋代文豪黄庭坚、理学家张栻，它见过明代大才子邝露，它一定还见过清代大儒陈宏谋（陈榕门），至于它见过的欧阳予倩、田汉、郭沫若这些现当代文化名人，更是数不胜数。当下，桂林城里900岁的东西可是不多了，可以跟它叙叙旧的，也就只有旁边跟它同时代的威德门了，因为郭沫若的题字，现在人们都把它叫作“古南门”。

三名合一景风阁[1]

[1]“三名”者，名胜、名阁、名人。

洞居四望、于越之间，
前接广野，后倚大江。

与中国其他开发历史悠久的名山一样，叠彩山及其山麓，曾经有过一些闻名遐迩的人文景观及风景建筑。一方面，它们附丽于叠彩山，借山川之灵秀来润泽自身；另一方面，它们的存在又大大丰富了叠彩山的内涵，构成了一道道绚丽多姿的文化风景。在漫长的景观开拓历程中，它们逐渐融入叠彩山，成为叠彩山不可分割的一部分。虽然这些文化风景今天已经不复存在，但它们曾经的光彩，足以让人凭吊。

在阅读桂林文史资料时，我不止一次读到过叠彩山景风阁的名字，也曾在心里勾勒过它的轮廓。当这张照片出现在我的眼前时，一切的遐想都有了着落：这就是康有为曾经住过的景风阁，这就是爱国老人马相伯度过人生最后一段安宁日子的景风阁。

景风阁位于叠彩山风洞南洞口右侧的平台上，至晚建于明代。唐代桂管观察史元晦开发叠彩山时，曾经在这里建亭，后人称此为元常侍清赏处。明代被贬任桂林教授的御史孟洋有《九日游风洞山》诗："九日独登风洞阁，万峰叠拥靖江城。烟中台殿浮秋色，天畔松杉落雨声。黄菊野开孤客泪，苍梧水绕二妃情。心怀往岁承恩宴，肠断斜阳望帝京。”这处亭阁建起后一直未名，清代广西都统庆保在游览叠彩山时，将之命名为“景风”。景风阁居高临下，视野开阔，为观赏风景的绝妙之地，也是历代游客聚友休闲、避暑纳凉的好地方。

登阁远眺，越亭憩于于越山山巅；漓江如练，平静南流；山林叠嶂，亭阁绿瓦隐现其间。背后风洞之风徐来，凉爽清心。庆保《景风阁记》说：“洞居四望、于越之间，前接广野，后倚大江，廓然翕受，窈而多风。其东小阁数椽，故为游人憩望地，每盛夏薰灼，于此解烦焉。以其旧无名，额名之曰‘景风’。夫风，讽也。讽则能动，动故不滞，意其婉而从□，□之景为阳，阳以为养，养故不挫，意其殖而辑乎。”（注：□为石刻缺字）给我们描述了景风阁的形胜及其命名的含义。清代著名画家李秉绶在其《景风阁》词中，赞此阁“云岚簇簇，恰好景兜来”，并见“万家烟火环城郭，映江一湾青玉”。

景风阁幽静的山林环境，为人们的游憩隐居提供了方便。清代“维新变法”人物康有为两次到桂林，都住在景风阁里，对周围的景物极为欣赏，并集古诗两句为联，悬挂于景风阁大厅，励己励人：

努力崇明德；随时爱光景。

1937 年 11 月，上海沦陷，日军进逼南京，著名教育家、学者，名动中华的爱国老人马相伯在李宗仁等爱国将领的劝说下避居桂林，在景风阁里居住了一年余。他 98 岁大寿时，桂林人民举行“千龄岁”活动，预祝他百岁大寿，连罗马教皇也送来了圣像。在景风阁旁边的风洞石壁上，至今还刻有一幅马相伯的小像，赞词为：“心赤貌慈，人瑞人师；形神宛在，坚弥高弥。”马相伯因此成为永居风洞仙境的老人。

在景风阁的照片现世之前，清代画家张宝在《风洞寻秋》图、罗辰在《叠彩山》图中都曾经画过它。各种资料显示：景风阁是桂林城的公产，也是这个城市最美丽最尊贵的客厅和馆舍。

花神的祠堂

《桂游半月记》里登载的花神祠

名园珍重出墙枝，
小传曾刊倚壁碑。

万物有灵且美！

无论是东方还是西方，都有植物崇拜的传统，其中，最曼妙的要数花神崇拜。古希腊神话中的花神叫芙洛拉，集智慧、理性与美貌于一身，人们只需在嘴中轻轻念“花神芙洛拉”，就足以满足一生对美的奢望。而在中国的神仙谱系中，花神的概念却要复杂得多，花神的最初形象是女夷，“鼓歌以司天和，以长百谷禽鸟草木”。私祀花朝，亦称花王节，最初始于唐朝，传说每年农历二月十二是百花的生日，民间会在这一天依照礼俗祭花神，向花神祝寿。于是爱花惜花之人，为百花留下许多动人的传说。再加上历代文人墨客玩味和吟咏百花，从而造就出十二花神来。正所谓“日日有花开，月月有花神”了。在流传至今的广西文场唱词中，有十二月花神的一套唱词，首句所歌之花，便是那个月的花神，分别是：正月梅花报立春；二月春分开杏花；三月清明桃李开；四月小满槐花黄；五月芒种石榴青；六月小暑开荷花；七月鸡冠报立秋；八月白露桂花开；九月霜降菊花黄；十月芙蓉小雪寒；十一月芦花大雪濛；十二月腊梅小寒天。而传说中的十二月花神，都有具体对应的人物，比如一月梅花江采苹；二月杏花杨玉环……值得注意的是，十二月花神有许多种版本，带有明显的时代与地域特征，在有的版本中并非全是女性，让人大跌眼镜的是，捉鬼的钟馗居然是某个版本中五月蔷薇花的花神。而另一个版本中，十月木芙蓉花神是石曼卿。据说在他死后，有人在开满红花的仙乡芙蓉城遇到他，石曼卿说他已经成为芙蓉城的城主，后人就以石曼卿为十月木芙蓉的花神。时至今日，石曼卿的书法作品还镌刻在桂林龙隐岩的石壁上。

既是神仙，便要享受祭祀，便要有祠庙。封建时代的官府把对神灵的祭祀分为正祀与“淫祀”。非官方的且不被官方认可的“淫祀”之神不具备正统性和合法性。实际上，在正祀与“淫祀”之间还有一些既受民众崇拜又为官方认可的神灵，他们被称为“私祀”，载入方志之中。对花神的祭祀，应该属于私祀，所以，各地普遍都有花神庙、花神祠，但都规模不大。

闲话少说，言归正传：大清道光年间，住在桂林的广西藩台大人要在衙署的西面建一座花园，园池花柳、亭台楼阁，自是不可或缺。一日，土工们正在挖池子，不意却挖出了一具森森白骨，工头赶紧停工去报告主人。按理说，大兴土木挖出了尸骨，是一件扫兴的事，可这藩台大人是个有文化有情怀有悲悯之心的人，愣是化恐怖为传奇，用白骨演绎出一则浪漫凄婉的爱情故事，给他的衙署园林描上了增辉添彩的一笔。

藩台大人先是嘱咐下人们好生将之掩埋了。埋骨之后，忽然有一位年轻女子通过扶乩降神的方式向他道谢。她说，自己姓阮，字凤凰，自幼生长在长安，流寓两广，原本是妓女，时值云南吴三桂叛乱，她与民间寒士王玉峰定情有约，王在战乱中被杀，她自己也投缳自尽了。听了阮氏女的一番话，藩台大人悲从中来，因为其传之曰：“‘凰生于顺治初年，殁于康熙初年。生年十九，殁将二百秋矣！生也不辰，烟花寥落；死而不朽，残骨缤纷。’余不敢冒掩骼之仁，亦不能不作葬花之志。故书其事，且肖其像，使于园中为司花使云。”又赋诗曰：

名园珍重出墙枝，小传曾刊倚壁碑。
葬玉埋香多韵事，有人亲志郭公姬。

故事的结局是：藩台大人在自己新修的花园内，建了一座花神祠，供奉阮凤凰，让她做司花使者，并且为她作传、画像，刻于墙上。这个故事也就流传开来。

时间来到了民国，旅行之风渐盛，20世纪30年代，广西有模范省之称，许多旅行团纷至沓来。1932年，中国旅行社组织了一个“五五旅行团”游览广西，重点游览了桂林，游览结束后，编印出版了《桂游半月记》一书。其中有一张照片，上有一穿长衫的男子，站在一栋小巧玲珑的建筑旁，满怀惆怅的样子，照片题注写明这是花神祠。花神祠在清代藩台衙门内，即今日工人文化宫范围。这段聊斋似的故事，并非孤例，桂林城南雁山园也有花神祠。照片中的这座花神祠，屋高、面阔、进深仅为丈许，小巧精致，加上动人凄美的故事，确为园林增色不少。

如今，花神的祠堂已然不在，故事也少有人知，唯有桂花，年年岁岁，岁岁年年，香飘满城。又是一年桂花香，不知那桂花仙子，可还有地方飨祭？

訾洲红叶桂林秋

民国年间明信片上的象鼻山，象山对面为訾洲

有朋自远方来，自己定了一家酒店，在訾洲上。夜幕中送她上岛，虽然看不清江、山、竹、影、馆、舍，但心中满满的都是关于訾洲的诗文。其中，最有画面感的，要数清代画家、旅行家张宝的诗句“奇石嵯峨古渡头，訾洲红叶桂林秋”了，正是红叶烂漫，层林尽染的时节，想来白天，洲上新种的银杏和红枫，应该有些样子了吧？

回家翻捡老照片，却发现这些老照片都很写实，难以传达古人笔下的那种意境。好吧，我们还是来脑补一下关于訾洲的诗歌记忆吧。

在象山对岸，漓江与漓江叉河之间，有条长长的绿洲，唐代洲上曾有訾姓人家居住，故名訾家洲，简称訾洲。

訾洲长 2.5 千米，宽 0.5 千米，四面环水，梭形如舟浮于水中。据唐代莫休符说，“洲每经大水，不曾淹浸，相承言其浮也”，故称浮洲。洲上翠竹拥岸，桂木葱茏，境地清幽，四周为青山绿水簇拥。江上舟往船来，水鸟低飞。最奇的是在烟雨迷蒙时节，云纱雾幔，訾洲笼罩在一片朦胧之中，犹如淡淡的水墨画，景色迷人，宋代诗人张孝祥赞其为“云山米家画，水竹辋川庄”。元代将此景称为“訾洲烟雨”，列入桂林八景之中。宋范成大在《桂林中秋赋》中，有“登湘南以独夜兮，挹訾洲之横烟”。元代广西廉访司佥事吕思诚的《訾洲烟雨》诗，细致地描绘出訾洲的诗情画意。诗云：

分合滩头见訾洲，訾洲烟雨水云秋。
空濛细縠沙头簇，散乱跳珠波面浮。
鸥鹭飞翔来上立，蛟龙腾跃此中游。
蓑衣箬笠垂阳外，时有鱼人横钓舟。

唐元和十二年（公元817年），御史中丞、桂管观察使裴行立在洲上建燕亭，立飞阁，筑崇轩，修闲馆，垒望月台，遍植花木，“东风融合，众卉争妍”，景色柔美绚丽，一时成为桂林宴游胜地，名声远扬。著名思想家、文学家柳宗元被贬为柳州刺史时，应裴行立的邀请来桂林游览訾洲，写有《上裴行立中丞撰訾家洲记启》。他认为“桂州多灵山，发地峭竖，林立四野”，“环山洄江，四出如一，夸奇竞秀，咸不相让，遍行天下者，唯是得之”。“今是亭之胜，甲于天下”，给予桂林山水极高的评价，是把甲天下与桂林联系在一起的最早评说。

唐代诗人赵嘏给他的朋友写来《十无诗寄桂府杨中丞》诗：

遥闻桂水绕城隅，城上江山满画图。
为问訾家洲畔月，清秋拟许醉狂无？

南宋诗人范成大在桂林任静江知府兼广南西路经略安抚使时，写有《访古訾家洲》诗：

飘飘竹雨润轻裘，袅袅松风系小舟。
安得从容兴废手，越人重上訾家洲。

“文章因山水而发，山水得文章而传。”訾家洲因柳宗元的山水美文声名远播，成为桂林城旁一块引人向往的名胜之地。到明代，訾家洲慢慢地落寞了，碑记亦失。1518 年，明靖江王府辅国将军朱宗铨乘小舟从伏波山往訾家洲，寻访柳宗元故碑未得，舟栖水月洞，“举酒以酹，以诗而吊之”，题写《吊念柳宗元》诗于水月洞内石壁上，诗云：

寒江寂寞訾家洲，载酒狂夫来上头。
足迹半生多悼古，天涯此日更悲秋。
伏波功业谤消未，子厚文章身在否？
不用岭猿啼夜月，短诗吟罢起人愁。

如今訾洲已建成公园，还开起了民宿，这从容兴废之手，要从何处说起呢？

漓江西岸局部之
三圣庙码头一带

百姓滋味

传承千年的鸬鹚捕鱼

晚清时期漓江上的渔船、渔民与鸬鹚

以小环挂鸬鹚项，令入水捕鱼，日得百余头。

“百年光影——桂林城市记忆展览”在档案馆展出的日子里，我很喜欢跟别人介绍这张老照片，因为它包含了丰富的桂林文化元素，是一幅经典独特的城市风情画。在这个画面上，有山、有水、有城墙、有江上的渔人和他们撑着的鸟排（竹筏），还有一种历史悠久、延绵不绝的奇特生活场景，也可以说是一种古老的生产方式——鸬鹚捕鱼。

鸬鹚是一种大型水鸟，善游泳和潜水，主要通过潜水捕食各种鱼类为生。把野生鸬鹚加以驯化，用来捕鱼，以中国为最早。汉代的《尔雅》及东汉杨孚撰写的《异物志》，均记载鸬鹚能入深水捕鱼，湖沼近旁之居民多养之。《隋书·倭国传》载：“倭国土地膏腴，水多陆少，以小环挂鸬鹚项，令入水捕鱼，日得百余头。”说明鸬鹚的驯养在日本也是较早的。

早在公元960年，就有桂林的渔民们用鸬鹚捕鱼的记录。他们每天要花两三个小时捕鱼，平均每天能捕到大约4公斤鲤鱼，足以养家。

随着现代捕鱼技术的出现，鸬鹚捕鱼这种古老的技艺曾一度式

左：鸬鹚捕鱼（一）

右：鸬鹚捕鱼（二）

微。如今，又成为中国南方许多地方的“乡愁”所系，因为旅游而兴旺起来，逐渐成为一个观赏型项目，浦江、汀江、章江、鄱阳湖、洱海，我们只要“百度”一下，就可以看到大量相关的图片和报道。当然，这其中以漓江的鸬鹚捕鱼最为有名。2015 年 4 月 7 日，英国《每日邮报》报道，俄罗斯摄影师维多利亚 · 罗格纳瓦（Viktoriia Rogotneva）发布了一组漓江边上老渔民的照片，记录了渔民们延续千年的生活方式，极具感染力。

近照易得，古图难求。也许，在中国南方水乡，鸬鹚捕鱼的场景并不鲜见，难得的是桂林还保存有 100 年前的老照片，为我们呈现20世纪初漓江上鸬鹚捕鱼的场景，而更为难得的是，我们还找到一段文字，证明这个场景不仅是今天让外国人感兴趣，早在400多年前，就曾让一位西方人百看不厌。葡萄牙人盖略特·伯来拉在他1561年完成的《中国报道》中，有这么一段描述：

> 皇帝（此处指靖江王）在很多河里有大量的船，满载鱼鹰，在船上繁殖、饲养乃至于死，装在笼子内，每月发给一定的米粮。皇帝把这些船赐给他的大官，按他的意思有的赐两艘，有的三艘，照下述方式捕鱼。在规定捕鱼的时刻，所有的船都集中一处，在河的浅水处围成一个圈，把鱼鹰的嗉囊系住，叫它们跳入水中，有的在水面，有的在水下，值得一观。每只（鱼鹰）把袋子（指嗉囊）装满后，再倒入自己的船，然后再返回去捕鱼。这样捕到大量的鱼后，把鱼鹰放开，让它们自己去捕鱼吃。我所在的那个城，至少有二十艘鱼鹰船。我差不多每天都去观看，但仍没有完全看够这种稀奇的捕鱼法。

伯来拉（Pereira）出生于当时的葡萄牙贝拉省，是卡斯特罗一位大领主的孩子，随着葡萄牙海外扩张势力的兴起，逐渐参与前往东方的贸易活动。1549年，他与部分同伴在福建最南端的诏安县“走马溪”被当作海盗俘虏，侥幸没有被就地处决，而是同其他一些俘囚一起，被流放到广西桂林，最后又从那里逃出中国。

从伯来拉的《中国报道》文字中，我们可以看出，他对桂林印象最深的是靖江王、王府及王室的生活。他关于鱼鹰捕鱼的文字，非常有趣，他应该是第一个把桂林的鱼鹰捕鱼介绍给世界的人。

站在街头卖石灰

20世纪40年代，桂林街头卖石灰的货担

桂林成为大后方重要城市，大兴土木在所难免。

石灰如今已经淡出了人们的生活，对于80后、90后、00后们来说，石灰长什么样都不一定知道。可就在30年前，石灰还是人们不可或缺的生产和生活材料。在我的记忆中，以前的桂林人几乎家家都有一只石灰缸，是那种上下一样大的，直径50厘米左右的大土陶缸，下面铺着半缸大块的石灰，中间隔层纸，上面放置糖饼、瓜子、香菇、木耳等干货食物，其作用在于防潮防鼠，延长食物的保质期。在那个物质匮乏的年代，普通人家的孩子，不到过年过节过生日或是家里来客人带来点心当礼物，基本吃不到零食。存放食物的石灰缸就成了熊孩子们时时惦记着的地方，估计每家的孩子都有趁大人不注意，从石灰缸里偷东西吃的经历。

在20世纪三四十年代的桂林老照片中，我们发现了不止一张在街头摆卖石灰或者搅拌石灰的照片，可见在当时石灰市场是供需两旺的。从这张街头卖石灰的老照片上，可以看到一张《长空万里》的电影海报，这部电影上映于1940年，据此可知这张照片的拍摄时间。而电影海报粘贴的位置，一般都在繁华的闹市，人流比较集中的地方，可见卖石灰的占据了当时桂林最繁华的街道之一角。

石灰最平常的用途，是作为建筑材料，它是制作砂浆、三合土的重要原料。也是人们从前粉刷墙壁、天花板的主要原料。这就说明，当时桂林的建筑业十分兴旺。究其原因，是因为日本大举入侵中国，国土大片沦丧，桂林成为大后方的重要城市，接纳了大批难民，城市急剧扩张，大兴土木也就在所难免。一张小小的照片，也可以折射出大时代的一个侧面。

说到石灰，我们不能不说一下孙中山先生给阳朔人民开出的致富之方：1921 年底，孙中山从梧州乘船到桂林，设立北伐大本营，途经阳朔，进行了考察。是年 11 月 29 日，在阳朔县举行的欢迎会上发表演说，他认为：

20 世纪三四十年代，一位男子在搅拌灰浆，这是一种掺和了纸筋的灰浆

开发财富，莫如振兴各种实业，即就阳朔一县而论，万山环绕，遍地膏腴，无知识者，以为土瘠民贫，难以为治，不知奇峰耸峙之高山，皆石灰岩层之蓄积，可以烧石灰，可以烧水门汀。石灰为农业之肥料，亦为工业用之水门汀，为化学发明之建筑材料，可以修路，可以筑河堤，可以建极高之洋楼，可以作人造之花石。每担石灰石可以造水门汀一桶，每桶四百斤，值银六元，诸君以为阳朔皆不毛之石山，悉属废物，自我观之，阳朔遍地皆黄金也。不仅如此，石灰岩层之中，可发现极厚之煤层，可发现极富之铁矿，且金矿、银矿、铝矿、水银矿多藏于石灰岩之内。诸君若知之，知而开发之，则见阳朔皆富家翁也。农业亦如之，土山肥厚，可种树木及一切果木，皆为人生必需之品，倘能广为种植，加以改造，则致富之术，不待外求也。

这真是一代人有一代人的见识！当国弱民穷之时，人们往往把快速致富放在首要位置，而很少考虑环境代价，以今天的观点来看，幸好阳朔人民没有积极响应孙中山的号召，把世所罕见的奇峰当作石灰、水泥的原材料，毫无节制地开采。否则，世界上最美丽的山水将不复存在，也就没有今天的中国旅游第一县了。值得庆幸的是，历史往往择善而从，孙中山给阳朔开出的另一个致富之方——“种植”，已被广为采纳，阳朔的水果种植闻名全国，尤其是沙田柚、金桔在市场上供不应求，给当地老百姓带来不少收入。而阳朔县的隔壁邻居恭城县，更是创造出“养殖—沼气—种植”三位一体的生态农业发展模式，成为全国农村建设的样板。

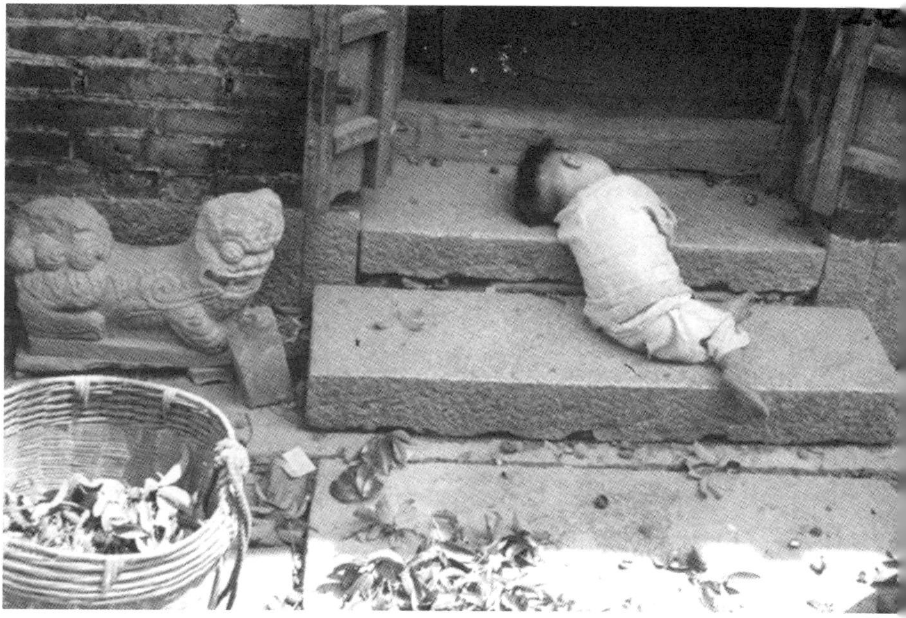

睡在门前台阶上的孩子

熟睡中的孩子

内心最柔软的地方，就这样被触动了。

真实的画面所带来的震撼效果，是文字永远难以企及的。因此，摄影的力量，是巨大的。

你应该还记得普利策新闻奖的几个画面：越战中那个裸体狂奔的小女孩，它引发了美国人民对战争的反思，提前结束了越战；那个骨瘦如柴，因饥饿而奄奄一息被秃鹫虎视眈眈的苏丹女童，引起了国际舆论对苏丹饥荒和苏丹内乱的关注，苏丹获得了更多的人道主义援助。还有，国内推动希望工程发展，改变了数百万贫困家庭孩子命运的那个乡村女孩求知若渴的大眼睛，这些经典照片无不震撼着我们的心灵，唤醒着人们的良知。

总有一些画面，会触动你内心最柔软的地方——只要你的内心不是冷硬如铁！在上千张老照片中，这么一个小小人儿的背影，紧紧揪着我的心，内心最柔软的地方，就这样被触动了：他光着脚丫，冷不冷？他扭着身子，累不累？万一翻个身，会不会磕着头？果树叶子还散落在台阶上、箩筐里，看上去收获刚刚结束，他家大人都到哪里去了？他为什么趴在台阶上就睡着了？

这样的画面，在 20 世纪中叶以前的中国乡村常常能看到，它折射的是我国传统社会的生育观念：自然生贱养。这样的画面，目前在我们的眼里，几乎是看不到的——在实行计划生育国策，每对夫妇只生一个孩子的社会，谁家孩子不是捧在手心里的宝？许多家庭，还出现了爷爷奶奶、外公外婆争着带第三代的事情。

说到生育这个话题，百年来国策更改、观念变迁、人口数字增减，莫不牵扯到每一个中国人的神经。

记得小时候母亲给我们唱过一首儿歌：背一个、抱一个，屋里还有十八个。形容家庭里孩子众多，当妈妈的为儿女所累的情形。中国古代相当长的时间内，人口与一个国家的劳动力、兵力和综合国力密不可分，各朝代生育政策的主调都是鼓励多生。只不过由于天灾人祸等原因，人口非正常死亡数量巨大，人的平均寿命很短，人口问题才没有凸显。明代多种高产农作物的引进和清代的“康乾盛世”，带来一个人口的大爆发。据历史学家何炳棣的研究，康熙三十九年（公元 1700 年）到乾隆五十九年（公元 1794 年），中国人口由 1.5 亿增加到 3.13 亿，到道光三十年（公元 1850 年）已高达 4.3 亿。人口的急剧增长，并没有带来人口素质和农业技术的同步增长，却使中国人均耕地面积在 1711 年至 1812 年时，下降了 92%，减少到 2.19 亩。

根据有关学者的研究，清嘉庆二十五年（公元 1820 年），桂林府面积 24100 平方千米，有人口 104.1 万，人口密度每平方千米 43.17 人，占广西全省人口比例的 10%。

民国以前，中国既缺少节制生育的理念，又缺乏节制生育的技术手段。人们对于生育，采取的是顺其自然的态度，每个家庭平均都有五六个孩子，当时也没有托儿所、幼儿园之类的公共设施，那些请不起保姆的家庭，幼儿都是由家里的祖辈或者稍微年长些的孩子负责照看的，一个人往往要照看不止一个年幼的孩子，许多孩子自然就处于被放养的状态，这就使得这张老照片中的画面，成为当时乡村的常态。

附：图片说明

《熟睡中的孩子》，收藏于夏威夷大学曼诺分校图书馆。摄影：约翰·沙克福德（John B.Shackford）。拍摄时间：1931年。沙克福德拍摄照片的地点主要有广州、梧州、桂林、平南等地。

1942 年的桂林腊味店

卖乳猪、腊鸭和腊肠等食品的干货店（照片来源：美国威斯康星大学密尔沃基分校图书馆，摄影：哈里森·福尔曼）

牵动着人们的味蕾，
温暖着人们的内心。

遥想1942年冬天的桂林，正是文化城的高峰期，各色因为战争而流离失所的人们在这里找到了暂时的安宁。人口几何级数的增长，各种机构、工厂的内迁，大量资本的涌入，带来了桂林经济文化和市面的繁荣。1942年12月出版的《桂林导游》一书中，甚至出现了这样一则广告："新中一村，为桂林最理想之住宅区，全村建有新式住宅一百五十栋，每栋均独立建造，交通便利，防空安全，全村并建有交谊堂、图书馆、商场，及电灯电话自流井等设备，全村布置为一大花园……"这样的住宅区，就是放在现在，也是令人向往的。

这一年冬天，一个具有国际性质的代表团来到桂林考察，其中，有一位出生于美国威斯康星州密尔沃基市的著名作家、记者哈里森·福尔曼，用镜头拍下了1942年的桂林：街道、河滨、码头、桥梁、竹筏、民船。而拍得更多的，是桂林人的生活：拉板车的苦力、脚手架上的建筑女工、街上的小商小贩、手工艺人、扎堆看小人书的儿童、民航机长、军人，等等。

这家腊味店，就是福尔曼当时拍摄的众多桂林场景之一。摄入镜头的这面墙上，横挂着好几条竹竿，每条竹竿上，都挂着成排的腊味，有腊鸡、板鸭、腊乳猪、腊肠等。画面的左下角，还吊着一把干菜，上面另挂着一张纸条，上书："新到顶靓白菜干……"字迹工整，一看就是出自读过一些书的人之手。在众多的腊味组成的"丛林"里，柜台后，坐着一女一男两位店家。坐在外面的伯娘模样周正，穿着齐整，面带微笑，看上去是殷实小户家的当家婆娘；另外一位男子要稍微年轻些，穿着中式的对襟衣服，表情略显严肃。柜台上摆着一把算盘、一杆秤，还有一些广口玻璃瓶，里面装着干货食品。

这个场景，对桂林人来说再熟悉不过了。就是今天的桂林，一到冬天，我们还处处可以看见挂着腊味的杂货店、餐馆，许多居民的阳台上窗户外，都会挂着腊制的肉类食品。

腊味是南方人喜欢的食品，这和古代的生活条件与气候有关。在南方一些省份，几乎是无肉不可腊，比如腊猪蹄、腊利前（猪舌头）、腊鱼、牛腊巴、腊狗等。除了这个店里卖的那些常见腊味外，还有一些颇具地方特色的腊制品，比如广式的金银肝、全州的胆肝等，都是极有风味的食品。

要说壮观，得数冬天艳阳下的一些南方古镇，那简直就是腊味的森林。有一年冬天，我独自在京杭大运河中段行走，先是在山东南阳湖的一个小岛上，看见那里有些野味，被煮成极咸的酱肉来卖。转过南京的高淳古镇，那里家家户户门前都撑着竹竿，挂着成排成排的腊肠、腊鸡、腊鸭、腊鱼。街上几乎每家门口，都是一个临时的手工作坊，有老婆婆在制作腊味：或者分离咸蛋白、蛋黄，做腊蛋黄肉饼；或者在灌制腊肠；或者在包鸭脚包——这里的腊鸭除了整只制作，还常常拆为鸭件，比如鸭脯肉，更绝的是将鸭心或鸭肝包在鸭脚掌里，外面用鸭肠缠绕，天气好时挂在室外吹晒，吃时放在饭锅里或者隔水蒸熟，下酒或者吃耍耍（桂林方言，吃零嘴儿）：仔细地贴着鸭骨啃下一点脚掌皮，或者咬下一截鸭心，慢慢咀嚼，香味在嘴里慢慢溢开，肃杀单调的冬天也因此变得有滋有味了。

后来，我在桂林会仙旧村一带，也发现有鸭脚包和鸭件卖，那里的腊味，用料好，制作讲究，成品卖相和口味都不错，这十几年在桂林也很有一些名气。

年关将至，又是吃腊味的好时节了，来一盘腊味合蒸，或者炖一锅腊猪脚，再或者煲一钵腊味饭，都是不错的选择。

有一些传统，因为没有人记挂，终究会消逝。而有一些传统，因为牵动着人们的味蕾，温暖着人们的内心，终将被传承，就像这传了几百年几千年的腊味。

哈里森镜头下的食杂店不在了，店里的人不在了，但这些腊味至今还出现在千千万万个镜头下，人们的视野里，家家户户的餐桌上。

中正桥上的人们

1942年，中正桥西侧引桥上（照片来源：美国威斯康星大学密尔沃基分校图书馆，摄影：哈里森·福尔曼）

往来者日千万人，实为冠盖通衢，负贩要道。

漓江是桂林人的母亲河，在冷兵器时代，它还是桂林城东面的天然护城河。曾经有一句形容桂林城市建设的顺口溜：南北一条路，东西一座桥。这“东西一座桥”，说的就是自北而南流经桂林的十数里漓江上，只有一座桥连接东西两岸的交通。这座桥，就是20世纪50年代至80年代的解放桥（80年代后漓江上陆续修建了好几座桥梁）——民国时期的中正桥、清代之前的永济浮桥。桥名不同，桥的面貌也不同。

作为桂林城的重要节点，漓江两岸的交通勾连一直受到人们重视，清人马秉良在《云谷琐录》中记叙说：“初，余侍祖经营生理顺遂，嘉庆十五年复在对河开行生理，因见漓江两岸居人稠密，江有浮桥以通行旅，往来者日千万人，实为冠盖通衢，负贩要道。”从这段记叙里，我们可以想见当年的永济桥在桂林城市生活中的重要地位。

永济桥还是桂林的一道景观，清代画家朱树德以绘画的形式描绘了此景，名为“东渡春澜”。而20世纪初，也有许多照片记录了当时桂林漓江上的浮桥。

1925年，新桂系结束了八桂军阀混战乱局。20世纪30年代初，在白崇禧的主持下，桂林城开始现代第一次城市大改造。1939年9月，桂林市政当局在漓江上开工修建一座石墩钢木桁架上承式简支桥，1941年10月10日，新桥建成通车，取名“中正桥”。

1942年冬天，美国著名记者哈里森·福尔曼拍摄了两张中正桥

1942年中正桥，行人川流不息

的照片，为我们保留了珍贵的历史镜头。

福尔曼特别关注民生，他镜头下的芸芸众生，有着最真实的面貌。这两张照片都是由西向东拍摄，你瞧这张［篇名上图］，应该是一个早晨，桥上行走的人们，大都向着城里方向，有许多挑着箩筐，大冷天还穿着草鞋或者光着脚的农人、小贩，匆匆往城里赶，忙着一天的营生。尤其是那个年轻妇女，背着孩子，光着脚，拎着一把青菜，足见生活的不易。桥上还有一些穿着长袍的知识分子模样的人。1942 年正是桂林文化城的高峰期，大量外来人口迁来桂林，东江一带成为外来人口比较集中的区域，许多文化名人寄寓于此。他们每天都要经由中正桥进城，从事文化经营、演出和各种活动。

最有趣的是画面上所呈现的通行方式，除了最常见的步行外，有坐人力车的，有骑着马的，还有推着那时很时髦的自行车的。

无论如何，一个以步行通过为主的桥梁，都是观察一个城市众生相的很好的窗口。

关于这座桥梁，我还亲眼见过一个“壮观”的场面：那是 20 世纪 80 年代初，城乡之间壁垒森严，东江和安新洲一带是大片的菜地，有一个特殊的农民群体，叫菜农。当时的城市缺乏现代基础设施，居民大多居住在平房里，使用的是旱厕。旱厕是需要定期清理的，对菜农来说，粪便是很好的肥料。故此，有一群人，会行走在城市的各个角落掏粪。为了不影响城里人的生活，当时桂林的城市管理措施是，每天派环卫处的人守在解放桥东，下午五六点钟才放掏粪工进城。每当这个时候，数百个挑着粪桶的人浩浩荡荡地通过解放桥，又迅速地消失在大街小巷里，不知道这样的场景，可曾被拍下过？

桃花江上水车忙

民国《桂林》明信片中的「阳江水坝」

放舸遵阳水，
牵江上石梁。

在声名远播、风景绮丽的漓江之外，有一条更富于诗情画意、更亲切宁静的小江从桂林城中飘过。在进入城区之前，江的两岸是阡陌纵横的农田，春天的烟雨，夏天的葱茏，秋天的金黄，冬天的清淑，一年四季皆有可观。有人说，过去的桂林城气韵生动，是林泉格调与山水田园诗的交响，这多半与这条江有关。

这条江，古时候叫阳江，现在叫桃花江。这 30 年，城市建设和扩张的脚步太快，有一些风景，永远消失在过往的岁月里，不曾留下一丝半点的痕迹。而有一些风景，却被摄影师们定格下来，此景可待成追忆。

这是一张阳江水坝的照片，我们来追忆一下它的前世今生。

民国时期，商务印书馆曾经印行过许多城市的风光明信片，大约在 1937 年前后，印过一套《桂林》（第一辑）风光明信片。明信片采用摄影作品制版，单色印刷，全套共 12 枚。题名分别为：訾洲烟雨、南溪新霁、舜洞薰风、壶山赤霞、尧山冬雪、西峰夕照、訾洲渔船、阳江水坝、象鼻山、伏波山、相思江、桃花滩。从这些名称看，这套明信片多取材自桂林八景，是时人认为最能代表桂林的景观。这其中的“阳江水坝”，就与我们今天所展示的这张照片相似。署名谷雨的网友为查明“阳江水坝”所在，曾作行摄考察，将图片与实景相对照，证实明信片上的“阳江水坝”位于甲山乡狮子岩村村边的桃花江江段。这位网友记录说：“经历七十年风雨，远方侯山屹立，近处的阳江流淌，可惜水坝已近崩塌，坝头转动的水车早已不见踪迹，山河依旧，换了人间。”而距离谷雨考察“阳江水坝”又过去了十年，随着“两江四湖”二期桃花江工程的改造完成，壅水

20 世纪三四十年代，
桃花江上的水车

坝的建设彻底改变了桃花江城市段的面貌，江流平缓，水坝已经踪影全无，更别说水车了。

桃花江流经临桂、灵川和桂林市城区而汇入漓江。宋时因其景色秀美而成为水路游览的一条主要航道。明清时期，江上画舫彩舟来往穿梭，集一时之盛。

桃花江多流经石灰岩地区，江水澄澈，月夜景色更美，“阳江秋月”是古代桂林八景之一，清代桂林画家朱树德叙其“秋夜，月明江流，照澈大桥。闲步一望，秋光如画，月色皎洁，波影澄清，兼之漓山特起水滨，若瞻蓬岛。极目风景，爽气扑人眉宇之间”。

明代诗人俞安期的《泛舟阳江》诗云：

放舸遵阳水，牵江上石梁。
气冲微雨白，影入众山苍。
雁急弦移柱，龙闲笛卧床。
还歌彩菱曲，月出下回塘。

我们回头再来说说阳江上为什么会有那么多水坝。桃花江干流长 65 千米，流域面积 298 平方千米。流域地形西北高、东南低，平均高程 255 米，干流平均坡降 0.92‰。河宽一般在 50—60 米之间，河床深 5—6 米，河床坡降五仙坝至飞鸾桥为 0.5‰，飞鸾桥至西门桥为 0.4‰。历年来在沿江河床上筑坝拦水，仅在城区河段上就有堆砌石坝 28 处，成为桃花江上一种特殊景观。

桃花江两岸有大量的良田，在农耕时代，用水车抽河里的水灌溉农田就是顺理成章的事了。

1935年桂林的船家

桂林的渡船，1935年

去桂林路上所见的渡船。请注意船边有鸬鹚，小船有顶盖。

照片虽然是一种客观呈现，但什么人拍的，为什么而拍，却是有主观意图在其中的。

比如这张类似静物写生似的船泊水岸的画面，就出自玛利诺会传教士之手。

从 1932 年到 1949 年，玛利诺会的传教士在桂林利用手中的相机，拍摄了许多照片，内容十分丰富，涉及桂林的城市、建筑、人物、山水风光、风土人情、生活习俗等，为我们展开了一幅幅广阔的社会生活画卷，承载了桂林城许多宝贵的历史记忆。这些照片，如今都收藏在玛利诺会的档案库中，并且每幅图片都附有详细的说明。

解读玛利诺会档案库中的桂林老照片，会有一些有趣的发现，在那些看似寻常的风景里，包含着一些不寻常的信息，包含着那个时代西方人对桂林的认知——在那个照相还不普及、胶片不易获得、冲晒也不方便的年代，通常，人们会比较吝啬胶片，只有那些在西方人看来独特的、有意义的对象，才会被摄入他们的镜头。

这幅题为《桂林的渡船，中国 1935》的照片，初看上去，是水系发达的桂林最普通的一个画面：一户船上人家，将自家小船停在岸边，洗晒衣服和渔网。将图放大，我们可以看出，这是一条生活用船，船头放置着鼎锅、扒锅等炊具，船边系着一只竹排，排上放着一只箩筐，立着几只鱼鹰，岸上还有一个拱形的小棚屋、一只鸡笼、几根竹子。整个画面看不到一个人，只有些微波纹的水面。生活气息浓郁的小船，清晰的倒影，近处的小树，远处的山峦，共同营造出一种闲适安逸的氛围。

西方人眼中的渡船，实为“船家”

这幅照片的说明为："去桂林路上所见的渡船。请注意船边有鸬鹚，小船有顶盖。"照片说明提示，有两个地方引起了摄影者的兴趣，一是这只船旁竹排上的鸬鹚鸟，就是桂林船民们用来捕鱼的鱼鹰。鱼鹰捕鱼在桂林由来已久，几乎所有的外国人和外地人都对此感兴趣，早在明代，葡萄牙人伯来拉就详细地记叙了他所看到的桂林漓江上鱼鹰捕鱼的盛况。

摄影者的另一个兴趣点，在于船篷，所谓船的顶盖。这说明这样的船超出了他原来对船的认知，他把它称为渡船。在我们国家南部沿海和内陆水网区域，有一种独特的人群，叫疍家，他们以船为家，以打鱼为生。漓江及其下游桂江上，就有疍家。照片上的这只船，其实不是渡船，是船家，也就是疍家所用的船。

这样的船家，漓江上现在还有，20 世纪 70 年代在漓江边还随处可见。当然，西方人要弄懂这一点，还需要对桂林风土民情多一些了解。

John B.Shackford

乡愁，并不只有诗意和远方

20世纪30年代，广西桂林农村劳作的妇女

回到彼时，乡愁是一幅悲情画，写满辛劳和愁苦。

现在人们常常谈起乡愁。

金秋大色块的农田，莺飞草长时披着蓑衣扶着犁耙在地里耕种着的农人，村头亭亭如盖的大樟树，静如明镜、满是井绳勒痕的水井，铺满青石板的巷道，鳞次栉比的泥砖瓦房，骑牛牧归的儿童，这些场景大都因为工业文明的进步，因为社会现代化的进程而遗失在了远方，因而充满诗意，成为感性的乡愁标志性画卷。

然而，易地而处，当你是画卷里的那位农夫；或者回到彼时，乡愁却常常是一幅悲情画，写满了辛劳和愁苦。比如这幅村妇车水图。

这张老照片收藏于美国夏威夷大学曼诺分校图书馆，摄影者是约翰·沙克福德（John B.Shackford），摄影时间是20世纪30年代，摄影地点是广西桂林农村。看着这张照片，真是忍不住为这位劳动妇女点个赞：艳阳高照，水田里的秧苗正茁壮成长，需要大量的水分，可这时的南国天气却鲜有雨下，眼见着田里的水日渐减少，从河沟里往田里用水车戽水就成了这时节最重要的农活。这是一个车轱辘活，劳动强度相当大，人站在水车的竹水筒上，双脚要轮换着不停地踩动，才能保持水车的运转，将水一筒筒戽到水槽里，源源不断地送到田里。显然，这是晚稻生长的季节，太阳火辣辣地晒，水车上面搭了个简易的松枝遮阳棚。踩水车的妇女扎着发髻，高挽裤脚，赤脚一前一后分别蹬在两级水筒上往下使劲，转动水车，双手紧抓着支架以稳定身躯。这张照片里，最让人揪心的是，她背上还背着个吃奶的娃娃，等于一个人干着两份活。这样的劳作场景，不独 20 世纪 30 年代，就是直到 20 世纪七八十年代，在桂林乡下还可见到。这样的画面，看在眼里，哪里有诗意？有的恐怕只是粒粒皆辛苦的感叹，还有对辛勤劳作着的乡村妇女的悲悯和同情。

画面上虽然只有一个劳动妇女，却是千千万万个乡村劳动妇女的真实写照。她的生平我们不得而知，但她一生的艰辛我们大致可以想象。文人笔下的“春秋多佳日，林园无俗情”，在这位妇人，就是春天耙田犁地、播种插秧、车水施肥；秋天收割、脱粒、晒谷、碾米……中国刚从农业社会走出来不久，大多数城里人，上溯三代，都能在乡村找到亲戚，都有这样的劳动妇女。我的老外婆就是其中之一。小时候，外婆常常跟我讲她小时候的经历：在湖北黄陂乡下，6 岁时就姑嫂换牒，到外公家做了童养媳，9 岁时垫着板凳，做一大家人的饭菜，洗一大家人的衣服。不断地生娃、带娃，无休止的劳作，直到抗战爆发，踏上逃难之路。晚年的外婆，由于常年辛劳，背驼得像虾公，瞎了一只眼。初到我家的同学，看见外婆吓得飞跑，可在我看来，从小把我带大的外婆却是最可亲、最可爱的人。

今天，我们行走在乡村，早已看不到水车，村姑农妇依然勤劳，但不必那么辛苦，社会毕竟在向前发展。

勤劳的广西妇女

哈里森·福尔曼镜头下的建筑女工

田园耕耘，端赖妇女；
农产加工，端赖妇女；
货物运输，端赖妇女。

三月有一个重要的节日，是关于妇女的——三八国际劳动妇女节，这个节日的背景是欧美各国劳动妇女为争取自己的权益而发动的波澜壮阔的运动。

说到妇女的权益和命运，各国的文化背景不同，妇女在社会中的地位、权益和角色也大不相同。

泱泱华夏，地大物博，风俗各异，不同地域的女性，自有其不同的风采。其中，广西妇女以勤劳、坚忍著称于世，即便是在男性权力为主体的社会环境中，妇女所承担的责任和付出，也超过许多男性。

20 世纪 40 年代，美国记者哈里森·福尔曼在桂林拍了许多劳动妇女的画面。这幅照片，拍的是两个建筑女工正站在高高的脚手架上递送砖块的场景。建筑工整天跟泥水打交道，又脏又累又危险，可镜头中的这两位建筑女工，虽衣衫破旧却也还算整洁，手中的活儿看起来并不轻巧，可精神面貌却很好，充分展示了广西劳动妇女的风采。

著名教育家雷沛鸿曾经写过一篇文章《广西地方文化研究一得》，其中对广西的女性有绝妙的论述。雷沛鸿留学美国，学贯中西，他说，广西文化有四大特质：一、同化力；二、大同精神；三、质朴性和未成熟性；四、女性主义。雷博士说，广西文化由妇女生活所表现出来的一极大特色，这就是女性主义。借用外国的名词女性主义来提示广西文化的一个特质，有什么理由呢？“我的答案是，这种理由却是简单。换一句话说，女性主义在广西，不起源于任何理论的鼓吹，却惹起于民众生活的实际要求；不寄托于理论家的思想与言论，却表现于民众生活的平凡行动。”广西妇女的社会地位，是在几千年的社会生活中自然演化而来的，而欧美妇女的今日之地位，却是人力所为。雷沛鸿从五个方面，来论证他的观点：其一，广西有许多外来人口，或为驻军，或者经商，或者为官，当他们移殖来之时，正是壮丁，关山阻隔，不便携妻带女，所以必娶当地妇女为妻，为家室而传种姓。其二，男女人口之比例，由于大量壮丁的迁徙和妇女生命之脆弱，所以男多女少。其三，每逢战乱之时，壮丁死亡必多，残留者概属老弱，广西妇女遭遇极苦，负担极重，一家的生计全靠妇女承担，久而久之，便成为广西妇女的第二天性。其四，广西尚有母系氏族的遗俗。广西的女性，在家中、在田间、在市场、在大社会中，一切都可起领导作用。最后，因为政治问题，中华民族已经到了生死存亡的关头，广西的青壮年男人们都上了前线，所以，田园耕耘，端赖妇女；农产加工，端赖妇女；货物运输，端赖妇女；甚至因抗战而起的重要工程下之一切征工，如果没有妇女来参加，在势将至丝毫不能推动。广西的妇女已经成为社会的柱石，没有妇女，广西何能继续为国家出力。

哈里森的这张图片，正好为雷博士的广西文化中的“女性主义”特质，做了完美的注脚。

漓江船家

20世纪二三十年代漓江上的行船

高眠翻爱漓江路，
枕底涛声枕上山。

明代的俞安期有一首广为传诵的七言绝句，叫《漓江舟行》：

桂楫轻舟下粤关，谁言岭外客行艰？
高眠翻爱漓江路，枕底涛声枕上山。

寥寥二十八个字，把漓江舟行的愉悦和浪漫表现得异常生动。这是一个有文化的乐观的乘客的心态。但不知读者有没有想过，俞安期搭乘的船是一条怎样的船？易地而处，作为船家，他们的心情、他们的生活又是怎么样的呢？

常言道，靠山吃山，靠水吃水。在水路运输时代，漓江首先是一条水道，它供给了许多人的营生，养育了一群在漓江里讨生活的人。他们有的跑运输，有的捕鱼，有的在船上开水上百货店；他们有自己的姓氏、自己的语言、自己的饮食习惯、自己的习俗。一句话，他们有自己独特的文化。这样一个群体，我们称为船上人家，又简称为船家、疍家。

桂林的船家基本都停靠在龙船坪、訾洲、泗洲湾、安新洲、蚂蝗洲、伏龙洲等地。20 世纪 60 年代，他们曾经响应号召，登岸定居，成立了漓江公社。后来，一些家庭人口多、负担重，生活较贫困的船家，又回到了船上，重操旧业，过起了逢河打鱼、逢水弯船的生活。年纪大的不愿离开他们熟悉的生活环境，年轻人却不愿留在船上，有的上岸打工，有的捕鱼为生，有的撑起了竹排拉游客，有的为航运公司开游船。

为保护漓江生态环境，加强内河交通安全管理，维护内河交通秩序，提升漓江市区段的景观风貌，桂林市从 2016 年 4 月开始了对漓江市区段约 10 千米范围内的所有住家船进行集中清理整治和船民上岸安置工作。这是继 20 世纪 60 年代桂林市政府组织安置船民上岸之后的又一次大规模行动，据悉，此次共清理漓江市区段水域船民 110 户，住家船 158 艘。

从此，船屋在市区河段内消失了。

我跟漓江上的船家，是曾经有过亲密接触的。20 世纪 80 年代，为了编一部旅游书籍，我曾经奉命与同事一道，陪同上海文艺出版社的资深编辑老齐买舟漂游漓江，还曾经到大圩和兴坪的两个渔业大队做田野调查，亲眼看到了他们驯养和调教鸬鹚鸟的过程。那次，我们从大圩渔业大队租了一艘民船，顺流而下，直到兴坪。除了住，一日三餐都在船上。那时的漓江远没有今日的喧闹，记忆深刻的是我们想要野炊，于是，船家在一个平静的水湾河滩边泊船，在鹅卵石滩上用三角铁架支起了一口扒锅、一口鼎锅，从河岸上捡来枯树枝当燃料。鼎锅煮饭，扒锅里直接舀漓江水熬着，又从船尾打开一块活动的舱板，那里藏着船家的一个小秘密——活水池，里面养着打来的鱼。船家把鱼捞出来，麻溜地收拾干净，直接扔到锅里，再拍两块姜下去；另外再切几个土辣椒放在碗里，倒上酱油。等到汤开，一顿饭菜就做好了。大家先喝鱼汤，然后烫豆腐、烫青菜，就着辣椒蘸水送饭，吃得那叫一个鲜爽。一晃 20 多年过去了，无论从漓江管理还是从保护环境角度来说，这样的漓江漂游是不会再有了。

船民有两大姓——黄和廖，船民的名字中，有许多是使用数字的，比如黄六一、黄七三，据说这数字表示男孩出生时祖父的年龄。我曾经的同事中，就有船民的后代，叫黄九一。

黄九一过年的时候请我吃过一种糕，叫船上糕，就是那种用青蒜汁拌和着糯米浆再加进炒熟的芋头粒、腊肉粒蒸出来的年糕，吃的时候再用油煎得外焦里糯，咂咂，那滋味，咸、鲜、香！如今的桂林人喜欢喝油茶，船上糕已经不分岁时年节成为油茶餐中的一道常见美食。

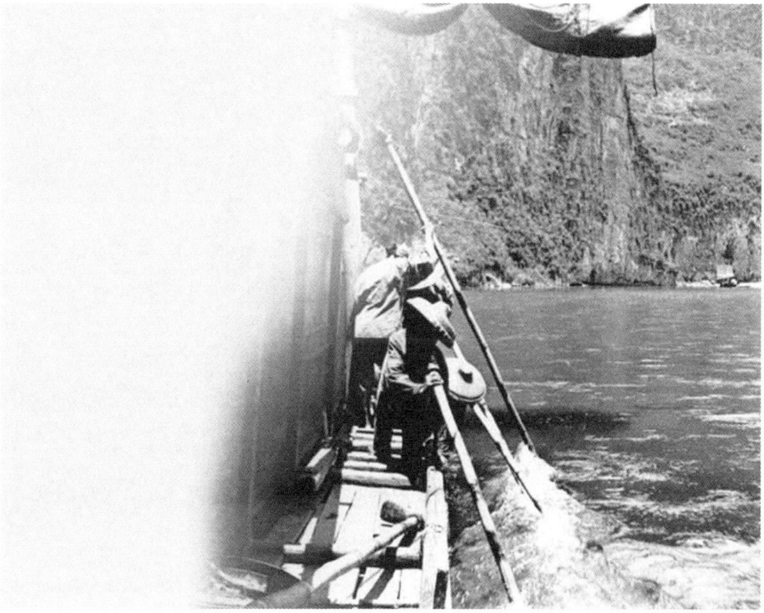

此景可待成追忆

20世纪初中叶漓江上的行船——行路难

从梧州，坐着木帆船，溯江而上，抵达桂林。

有微友看到写船家的稿件后留言说："我觉得，这种生态，应该在一个小范围内保留并保护下来，让一些经济条件较好又迷恋渔猎生活的人，以一种符合环保的标准维持这种生活方式，作为历史的延续……现代文明不应该这么傲慢和粗暴。"

"现代文明不应该这么傲慢和粗暴"，这句话戳中了当今时代的痛点，或许若干年后，会有人喟然长叹：此景可待成追忆，只是当时已惘然。

但也有些历史，是注定无法延续的，就像无可奈何花落去一样，比如从梧州，坐着木帆船，溯江而上，抵达桂林。我们注定是要从别人的经历中，去阅读、去体会漓江上旅行的历史。

百年前，一位英国伯明翰大学毕业的高材生、金发碧眼的年轻姑娘、桂林第一所西医医院的创始人柏德贞坐上了这样一艘木船，从梧州溯桂江而上，向着桂林出发。在忙碌着上了五年的现代医药课程后，她能躺在船板上，从船内的洞口往外看，切实感到宁静与平和。她凝望着湍急的河水、耸立的岩石或柔和起伏的山峦，凝望着瀑布或稻田，时而路边还会闪现神龛，神龛中的土地公坐在别致的中式屋顶下固定的木质座子上；同时，她还聆听着苦力们驶船划过平静水面的歌声。不过，沉思有时会因为船只荡进了急流里而被轻微扰乱，这时歌声就会被咆哮与尖叫代替。也有可能在船抛锚后，船夫们在船只前面用筷子一边吃他们变硬的米饭，一边煮菠菜和许多红辣椒的时候，和平会被一阵突然发生的激烈口角结束，不是争吵昨晚赌博的事情，就是关于盐放了多少的问题。乘客就坐在那些行李中间，这些行李都是走私货品，正要通过下一个内陆的海关。晚上，船在一艘装着一门古老大炮的炮艇旁边抛锚。那些在伦敦塔

旧时船家习俗：启航前船老大在祭祀河神

被视为时髦的装饰（即那门大炮），发出了猛烈的爆炸声，不过并没有引起任何惊慌，甚至让人颇为感激。这些船停靠在河岸边的时候，这些定期发生的爆炸声是阻止岸上强盗靠近的有效手段，保证了桂林和广州之间的贸易能够不间断地发展。

跋涉、跋涉、跋涉——拖啊，推啊，喊啊，唱啊——一艘中国的船屋被推着、被拖着，一寸一寸地沿河往桂林城挪动。在出发之前，他们祭拜了河神，献祭了一只公鸡，将酒倾尽，并用鸡血将船上的所有用具都涂了一遍。但是在急流中，“水鬼”仍旧会用巨大的力量抓住船的底部，有时候所有在甲板上的苦力的呼喊，所有的沿着河岸拉动船只的力量都是无用的。竹绳断了，船被冲到了急流底部，撞到了石头上，在一边船体上撞出一个大洞。所有的行李都必须被移下来，乘客们蹲在江岸中间，而同时伴随着无休止的争论与频繁的停顿，那个洞却被修补好了。旅途十分危险，有时候在船上工作的苦力会将船开到其中一个湍急的漩涡里去！

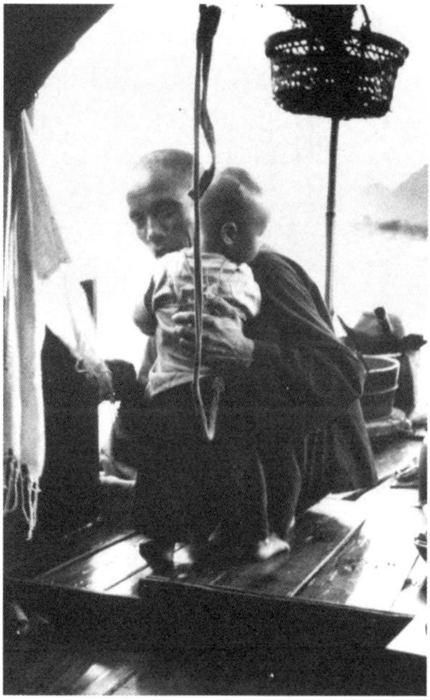 

船家生活掠影

右：20世纪30年代，一位船夫在煎鱼

左：20世纪30年代，一位船夫和他的孩子

生存的智慧，让船民们历经风雨，托江河而生。

就像蒙古族被称为“马背上的民族”一样，漓江上的船家，也有一个形象的称呼——“河上吉普赛人”，他们依托江河而生，居无定所。狭小的船屋装载着他们全部的家当。许多船民一生中的大部分时间，都是在船上度过的。

小小的船屋，分为前舱、中舱、后舱三个区域，中舱连着前后舱，但用木板间隔，可以相对封闭，是居住区；后舱为生活区，是半开放式的，生火、做饭、烧水都是在这个区域；前舱是作业区，也是半敞着的，撑船、摇橹、下网一般都在这个区域。船民很爱干净，会把船板擦得光洁照人，一尘不染，只要不是大冷天，船上人都光着脚在船上活动，随意坐卧。

船上人家的孩子，一般都是“大姐”带大的。这个“大姐”，不是人，而是一件物事。有着船上生活背景的朋友落霞，给我们仔细描述了“大姐”的形状和功用：

“大姐”长约一米，主体是一根竹筒，下面有一个坐板式的板子。一般，“大姐”悬空吊在船舱里，船上人家在行船时常需要合力撑船，这时妈妈会先将孩子喂饱，然后用背带将孩子绑好放在“大姐”上。

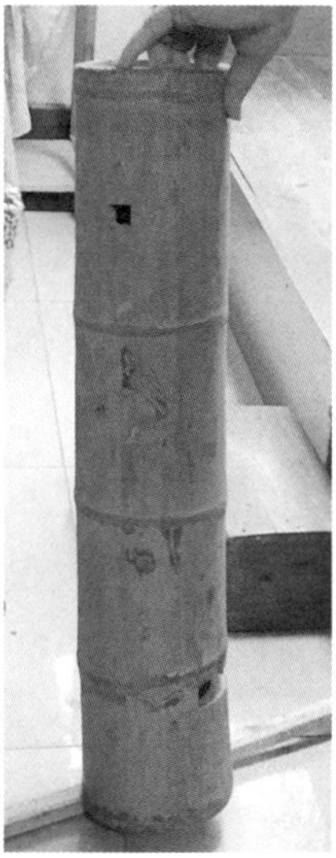

左：竹筒——船上人家的“大姐”的主体

右：船上人家“大姐”的改良版

孩子屁股坐在竹板上，双手抱住竹筒，竹制品随着船的摇动而晃动。妈妈在船上忙碌时路过“大姐”，顺手推一下，“大姐”又会继续摇晃，就好像妈妈背着在轻轻摇晃的感觉，孩子很快睡着了。“大姐”是船家们带孩子最好的工具，几乎每个船家的孩子都是在“大姐”的照顾下长大的。

如果孩子大了些，不方便绑在“大姐”上睡觉，为了让孩子能自由活动，又能保证安全，船上人家就会在小朋友的身上系上一根两三米长的绳子，绳子的一头绑在船上，另一头绑在孩子的身上。不管怎么走，孩子都不会掉下船去。孩子到了更大一点的年龄，绳子也绑不住了，他们就会将一个皮球或竹筒绑在孩子身上，即使孩子掉下河去，也会浮起来。

80 年前，来自美国的教会教师、摄影爱好者约翰·沙克福德，用他的镜头，为我们保存了这张典型的船上生活场景：一位慈爱的父亲，蹲在后舱的甲板上，一手搂着他的孩子，面带微笑。孩子显然已到了学步的年龄，“大姐”已经管不住他了，他的腰间系着一根柔软的粗布带子，这根带子，既可以让他在一定范围内活动，又保证了他的安全。虽是黑白照片，我们仍可以看出船板擦得非常干净，泛着光泽。父子俩旁边的船板上，已经摆好了饭菜。

好奇的沙克福德先生，还饶有兴致地拍下了这位船夫煎鱼的特写镜头。瞧瞧锅灶的设置：掀开后舱的船板，将锅灶置于舱底，防风防雨，可以保证火力。不用火时将锅碗瓢盆炉子放在里面，盖上船板，这样船屋看起来会整洁许多。不仅是后舱，船上每一个舱的舱板都是可以活动的，形成一个个储物空间。尤为奇特的是，许多船的舱底，都有一小块方形的水池，侧边靠水一面有一小块活动的方板是可以打开的，用滤网隔着。当小方板打开时，池内的水跟河水形成交换，保证池子里的水是活水，这个池子是用来放养活鱼的。当打上来的活鱼吃不完时，就放在舱池里养着。

船民们在长期的水上生活中，积累了许多生产生活经验，比如带孩子，比如鸬鹚捕鱼，比如船屋在功能上的划分和使用，比如选择停靠的河湾。如果没有生存的智慧，船民们也不会风雨沧桑几百年，仍然可以居住在船上。

这些，是一两张照片难以表现的。好在有落霞这样的有心人，正在拍摄收集整理船家的生活历史及资料。我相信，如果把船家的生活写出来，一定是一本独具特色的厚重的史书。

漓江西岸局部之水东门码头一带，城楼为三界楼

碎影流年

漓江上的红帆船

20世纪30年代，桂林伏波门前的帆船

在西方文学语境中，红帆船的意象关乎爱情，关乎梦想和坚持；而香港维多利亚港湾里的红帆船，昭示的却是一个海盗与香港的过往，一个叛逆与皈依的历史故事。在世界最著名的河流之一——漓江上，曾经游弋着许多大大小小的红帆船，它们既无王子驾着红帆船接走心爱姑娘的浪漫，也无海盗驾着红帆船肆虐南中国海的血腥。它们是水路运输时代，桂林与外界联通与交往的纽带，是给这个城市带来繁荣与兴旺的流动风景。“桂楫轻舟下粤关，谁言岭外客行艰？高眠翻爱漓江路，枕底涛声枕上山。”（明·俞安期《漓江舟行》）这是乘坐红帆船航行在漓江上的人们诗意心境的写照。

这是20世纪三四十年代一艘停泊在伏波山前漓江江心的红帆船的照片，秀水、名山、城郭、帆船，看上去十分悦目，可以说是黑白胶片时代，经典的桂林风景照。画面为我们提供了丰富的历史信息。让我们来一一解读：

河道。明清至民国年间，漓江—桂江全段，称为抚河，是桂林的交通命脉，沿江而下，可达梧州、广州。进出桂林的货物和客流，主要依托这条黄金水道。

运输工具。江上的主要交通工具是木帆船，又多以红布为帆。漓江木帆船最早出现于汉唐时期，以货运为主，兼营客运。鸦片战争之后，帆船运输达到全盛时期，多运送水产、百货、盐、日杂；新中国成立后，随着公路、铁路运输的发展，帆船运输逐步减少。

船家。漓江水上人家以黄姓为主，终生漂泊于水上，从事渔业及水上运输，以船为家，有许多独特的习俗。据了解，黄氏船民的祖先是从广东珠玑巷经过南海、罗定进入广西灵川县大圩毛村的，至今已有 35 代人近 1000 年历史。1949 年后，黄氏子弟多进入航运公司工作，到改革开放后又纷纷转入旅游航运。如今在漓江航道上，超过八成的旅游船船长和船员是黄氏子弟。

江岸。画面中远处的江岸，为漓江西岸行春门码头一带（今滨江北路）及东城墙外古盐街。明清至民国年间，行春门沿江两岸码头，各类商埠字号、店铺钱庄遍布街巷，市井繁荣。桂北各县的山货土特产经马驮人挑集中到桂林，再经水路运到梧州，转向广州、香港。这一带是广西省会与湘南、广东沟通的重要码头。

山及山脚。画面上的山，为伏波山，是桂林城中最著名的风景名山之一。孤峰雄峙，半枕陆地，半插江潭，遏阻洄澜，有“伏波胜景”之美称。每年春夏，江水暴涨，山麓遏阻急浪狂澜，使江水倒转回旋，有降伏波涛之力。山脚附近的码头，为伏波门外码头。这里自古就是桂林水上环游线路的起落点。山麓临水处建筑为伏波庙。传说汉代伏波将军马援征安南曾驻军于此，唐代在山麓建伏波庙，宋代山北临水处建癸水亭、山西麓筑正夏堂，其他风景建筑有进德堂、喜丰堂、所思亭、月光亭、迎碧亭、凌虚亭、玉皇阁等系列建筑，庙宇群落依山就势，悬壁凌空。

照片的摄影者为桂林二我轩照相馆。二我轩是民国时期桂林最有名的照相馆，为了招揽生意，曾经派出摄影师，拍摄了大量桂林风景照片。从这张照片的画面以及帆船泊于江心静止不动的情况来看，有摆拍的可能。

1933年的桂林是不是下了一场大雪

美国Romaniello神父1933年拍摄的尧山冬雪

须知桂海接蓬瀛，满目三山白银阙。

这幅照片，存档时标识为："美国天主教外方传教协会玛利诺会 Romaniello 神父 1933 年拍摄的桂林尧山雪景。"英文标题是：*Royal Mountain in Guilin, China, 1933*——桂林皇家山（尧山），中国，1933 年。说明为：A photograph of Royal Mountain in Guilin. The large mountain is snow covered. In the foreground is a river that runs at it's base and trees on the sides of the river. 试译如下：桂林皇家山（尧山）。积雪覆盖着这座大山。前景是流淌的河水，河的两岸有树木。

称尧山为皇家山，大约有两层意思。一是字面上的意思——"尧"为古代帝王，"尧"的山，自然是皇家山（其实古体的尧字，是三土垒为垚，意为尧山是土堆成的山。垚、尧通用，后人将尧附会成尧帝）。二是尧山脚为靖江王陵所在地，是皇族所属，称尧山为皇家山也就顺理成章了。这幅照片，可以说是目前我们所能见到的最早记载尧山雪景的照片，银装素裹的尧山画面使我们对尧山冬雪有了感性的认识，因此非常珍贵。根据桂林地方文化传统，可以给这幅照片命名为"尧山冬雪"。

可珍贵归珍贵，这幅照片所表现出的雪景，并不那么真实。作为背景的尧山，太像一幅画了，线条简洁，其明暗对比，也是一种图画的效果。覆盖山体的雪，山上山下没什么变化，作为近景的田野、树木、河流，没有一点雪的痕迹，如果尧山被大雪所包裹，那么，其他地方不可能看不到一丝雪的影子，就算是雪已经融化了，地面最少应该是湿的吧？可照片中的地面是干的。

如果这幅照片是经过技术处理的，那为什么说明写得那么清楚，如此肯定积雪覆盖着这座大山？这样做又为那般？如果这是实景实拍，又如何解释上面的那些疑问呢？ 1933 年的桂林是不是下了一场大雪？

雪在岭南是稀罕之物。说到雪，我想起了一件趣事：唐代大文学家柳宗元在给朋友的书信中，说过一件事情，“我曾经听说庸、蜀之南常常下雨，很少出太阳，出太阳的时候，狗不知发生了什么事情，狂叫不止，我以为言过其实了。等到了岭南，有一年天降大雪，南越地方的好几个州都被大雪覆盖，这几个州的狗惶惶不可终日，狂叫着奔走，直到雪化而止。我才知道，之前听说的事是真的”。由此产生了一个成语——粤犬吠雪，形容少见多怪。

宋代在中国气候变迁史上算是一个紊乱期，比如今广西梧州、百色都曾有降雪的记录，但此为特例。广西一般是不下雪的，桂林除外。范成大《桂海虞衡志》载，当时桂林年年下雪，有时“腊中三白”，意思是腊月里要下三次雪，当然不如北方下得大、下得多。一般而言，宋代广西的降雪线在今桂林北部的严关一线，有“北雪南雨不过关”的谚语；雪再大，可到桂林城下，再往南就没有了。范成大在桂林时，遇到一次大雪，下到一尺多深，于是作《乾道癸巳腊后二日，桂林大雪尺余，郡人云前此未省见也。郭季勇机宜赋古风为贺，次其韵》一诗，有这样一句：“须知桂海接蓬瀛，满目三山白银阙。”这样大的雪，在桂林还是比较罕见的。物以稀为贵，所以，前人在给桂林的景观命名和排序时，“尧山冬雪”列为桂林老八景中的第五位。

常言道，“瑞雪兆丰年”。2008 年，雪却给桂林，给美丽的南方带来了灾难性后果。可见，事物都有两面性，过犹不及。

美国“徐霞客”眼里的老桂林

《中国十八省府》插图之三十三：桂林独秀峰前咨议局新会堂

发配一位诗人去桂林，就像是把蜂鸟送到长满牵牛花的花园里。

对赖以生存的城市，我们都存有一份好奇。官修的地方史志，固然是我们了解城市过往的重要途径，但若论有趣，那还要算野史、稗史、文人笔记、游记。假如是西方早期外国人的笔记，还带有一定的影像，那就更是趣上加趣。20世纪初，美国著名旅行家、英国皇家地理学会会员，1865年出生于美国宾夕法尼亚州多伊尔斯敦城的威廉·埃德加·盖洛（William Edgar Geil）在其所著的《中国十八省府》中，用了一章的篇幅，十幅图，为我们呈现了一个诗意的桂林，一个处于新旧时代交替、社会转型期的桂林。

盖洛从三个方面展开他对桂林的叙述：

一是溯桂江而上的见闻。讲述他从梧州乘船溯流而上，到达桂林时沿途所见所闻。在这节里，他讲述了船民行船的习俗、桂江流域航行的艰难和桂江两岸秀丽的风光。一开篇，盖洛就毫不吝啬他对桂林的赞美："虽然这儿是广西巡抚衙门的所在地，但桂林招徕游客的主要原因还是它的山水和当地居民的好名声"，"探险家来到这里后，却发现风光无限美好，人民礼貌善良、勤奋且又爱国。"他用充满诗情画意的笔触，描述他看到的景色："虽然西江自梧州以下部分没有什么吸引人注意的景色，但桂江却是风景如画，非常秀丽，有时也十分壮观。从平乐再往上游走，游客不会有一刻感到无聊沉闷，直至他在桂林弃船上岸。假如说二女滩、银鞋滩或螺旋滩还不算是最引人仰慕的景点，那么桂江两岸令人惊奇的石灰岩山峰肯定是的。它们在夜晚月光下显得诡异奇特，在白昼阳光下则雄奇壮观。……当我们试图将从平乐到桂林的这一连串湖泊的神奇美妙告诉别人时，我们的词语顿时变得苍白无力。清晨时分，当一轮朝阳将其半数的曙光投射于群山之上时，这儿简直是一个仙境。每一座山都令人回想起古希腊神话中的神祇。那些由巨石形成的小山像是仙境海岸上的灯塔，足以让特纳的心陶醉，让华兹华斯的乐琴调出和美的谐音，给大卫王的竖琴装上动听的琴弦。”他预言，“那些倦怠了欧洲之乏味的游客们将会在不远的将来来到长城、扬子江以及桂江上游那美妙的仙境”。

二是这座城市的故事。讲述的是他查阅地方史志后综合而成的桂林历史，提到了舜庙及舜的故事、赵佗所建南越国的历史、马援将军、万寿寺、靖江王朱亨嘉、南明小朝廷、诗人李涉和李渤的诗以及广西巡抚张鸣岐设宴招待的情形。他还重点写了登上宝积山观赏城市风景的情况：“我们爬上了宝积山，那儿可以使我们的视野更开阔一些。那些山峦、孤岩、洞穴、溶洞、岩缝、溪谷、峭壁，说真的，这个省会城市周围的风景和色调里都隐含着诗人气质！华夏帝国没有任何一座首府城市，无论是总督所在地，或是巡抚所在地，有类似于这座桂城的石灰岩地貌，即被这么多的‘岩石、小溪，以及有庙宇的小山’所包围所充斥。”他说，“发配一位诗人去桂林，就像是把蜂鸟送到长满牵牛花的花园里”。在这一节里，他还详细描述了他们在四个手持火把的导游和保镖的陪伴下，游览七星岩洞的情景，与徐霞客游记有得一比。他将老导游率领众导游吼叫着报景名，在岩洞中形成回声，使人震耳欲聋、毛骨悚然的情景描绘得活灵活现。他用一句幽默的话语，结束了这一节："不久，我们就从'八星岩'的口里钻了出来，因为我们把向导也算做是一颗最大的明星。"

三是桂林唯一的外国人坟墓。写作者到骝马山谷寻访、凭吊唯一一座外国人墓地——美国门诺派女传教士比尤拉·弗吉尼亚·范可墓的情形。

这幅老照片，是他书中的第三十三张插图，图下的说明文字是：桂林广西省咨议局的新会堂，"王府"墟依然屹立，背景为金紫福石（笔者注：独秀峰别称紫金山的意译）。

独秀峰下著名的“铁房子”

广西省咨议局第一届代表大会会址

一间房子的命运，一个时代的缩影。

这是桂林最具历史意义的一间房子。之所以这么说，是因为它承载了桂林近现代史上两件最有意义的事情：一是清末维新，咨议新政；二是孙中山北伐，驻跸桂林。有两张老照片为证：

第一张老照片是一间空房子，内有许多桌椅、板凳，还有黑板、讲台，从室内的布置来看，像是一间教室。这张照片，收录于威廉·埃德加·盖洛（William Edgar Geil）《中国十八省府》中，图下有英文说明，其译文为：桂林一个具有历史意义的房间，广西省咨议局第一届代表大会曾经在这儿召开。

盖洛是一位训练有素的学者。与其他旅行家不同的是，他对中国社会的观察，还有一重政治的维度。因为所处时代的关系，在技术上多了一种表现手段——摄影。在“桂林”一章中，与他文字上充满诗情画意的现实情景描述和娓娓讲述城市故事不同，他拍摄的照片大都是最能表现桂林的、富有时代气息的，比如这张咨议局会场的照片。他在用图片说明作为清朝关内十八省府之一的桂林在新旧交替时代的变革：

1905 年，清廷向全国人民宣布实行“预备立宪”。次年，颁布

图 40-2 1921 年，孙中山在“铁房子”里发表演讲

“预备立宪诏”。与此同时，模仿西方立宪制国家议会的咨议局开始在各省筹设。1907 年 10 月，清廷正式下令筹设咨议机关。清宣统元年（公元 1909 年）十月，广西咨议局举行开局典礼，议员 57 人，选梧州岑溪人陈树勋为议长，全州人唐尚光、平南人甘德蕃为副议长，容县人黄宏宪（同盟会员）、桂林人秦步衢等 11 人为常驻议员。局址建在王城独秀峰南麓前广西贡院旧基上，建筑仿照西洋样式。这间房子，就是其中的一间，是开会议事所用的会堂。因为建筑采用了新式钢架结构，老百姓俗称其为“铁房子”。

1911 年 10 月 10 日（也就是盖洛考察中国关内十八省府的那年），武昌起义爆发。11 月 7 日，广西宣布“独立”，脱离清政府，成立广西军政府。在这场变革中，广西咨议局起了关键的作用。

时光流转又十年，1921 年 12 月至 1922 年 4 月，孙中山第一次北伐，以桂林为北伐大本营，设总统行辕于王城。孙中山驻跸之处，就是铁房子——广西咨议局旧址。第二张照片也就应运而生了。

这张照片，收录于美国国会图书馆。摄影者是谁，不得而知。照片的标签时间是 1924 年 5 月 4 日，内容是“中国内战”。

从照片内容看，我们认为，这是孙中山在桂林发表演说的照片，演讲地点就是广西省咨议局召开第一届代表大会的那个会议厅。与盖洛拍摄的空房间相对照，房间的格局一致，讲台、黑板都还在，只是坐满了人。当然，仅凭房间的布置来判断是不够的，做出这个结论，主要的依据还是孙中山在桂林的史料。孙中山在王城有过三次著名的演讲。1921 年 12 月 7 日，在桂林党政军学各界七十六个团体欢迎会上做题为《三民主义是建设新国家之完全方法》的演讲，12 月 9 日在桂林学界欢迎会上做题为《知难行易》的演讲，12 月 10 日在桂林对滇、赣、粤三军官佐做题为《军人精神教育》的演讲。

这是其中一次演讲的照片，除了主讲者孙中山外，依稀可辨的人物还有李烈钧、许崇智、朱培德。站在左后角的两位，样貌像是外国人，会不会是共产国际代表马林呢？这一切都有待日后去挖掘、考证。

我们所知道的，是这间著名房子的命运：民国十三年，也就是 1924 年，旧省议会办公厅因无人守护，擅自入居者弄火成灾，建筑被烧毁。

追寻独秀峰远去的历史记忆

清末，王城内的以广西咨议局大楼为主体的建筑群（照片来源：英国布里斯托大学）

方寸之间，文明社会的组织形态，尽显端倪。

独秀峰无疑是桂林的地标，环绕它而建的官衙、王府、学宫、贡院、议会、省府、公园、大学不一而足，绵延不绝。这里曾是广西长达600年的政治文化中心。然而，“楚人一炬，可怜焦土”，在战火纷飞的年代，中国的传统建筑总也逃不脱阿房宫般的命运。

因而，附丽在它身上的历史往往是看不见的，除了卓然挺立于天地间亘古不变的山峰和石刻之外，我们今天还能看到些什么？我们能看到徐霞客数度入王府，而不能登独秀峰的怅惘；看到葡萄牙人登古城遥望王府充满艳羡的描述。对了，我们还能看到老照片，能直观地了解它曾经的模样。美国旅行家盖洛在他1911年出版的著作《中国十八省府》中，用一章的篇幅来叙述他在桂林的所见所闻，其中，就有两张关于独秀峰的照片。这些照片，与英国布里斯托大学图书馆收藏的有关独秀峰及王城的照片，是我们目前所能看到的独秀峰最早的影像。

上两篇文章，我们介绍了一幅独秀峰下咨议局的近景照片，这是西风东渐，一个古老城市华丽转身的最初表情；我们还刊登了一间具有历史意义的房间的照片，讲述了发生在这间老房子里的故事，佐证了独秀峰这块风水宝地的不同凡响。今天这张照片，保存于英国布里斯托大学图书馆，较之之前同主题的照片，它的镜头稍微拉远了一点，时间稍微推后了一点，画面上的元素多了一些。环绕独秀峰的院落和建筑群，清晰地呈现在我们的眼前。

明代葡萄牙人伯来拉这样描述靖江王府："他的宫室有墙围绕，墙不高而呈四方形，四周不比果阿[1]的墙差。外面涂成红色，每面各有一道门，每道门上有一座门楼，用木料精制。四道门前，对着大街的，再大的老爷也不能骑马或乘轿通过。这位贵人住的宫室建在这方阵的中央，肯定值得一观，尽管我们没有进去过。听说门楼上了绿釉，方阵内遍植野树，如橡树、栗树、丝柏、梨树、杉树及这类我们缺少的其他树木，因此形成所能看到的清绿和新鲜的树木，其中有鹿、羚羊、公牛、母牛及别的兽类，供那位贵人游乐。因为如我所说，他从不外出。"从这段描述中，我们可知王府曾经是郁郁葱葱的，生态环境很好。明末清初，定南王孔有德火烧王府，将王府建筑悉数焚毁。清顺治年间，在王府旧址上建贡院，独秀峰成为广西考生心向往之的地方，经过近二百多年的营建，贡院规模日渐宏伟：原承运门基址为龙门，龙门之外有照墙，照墙东面建天衢坊，西南建方略坊，原承运殿基址建明远楼，王宫故址建至公堂，至公堂及明远楼东西两侧外帘为临监、誊录、对读诸廨宇及东西文场5010间号舍，内帘为提调诸廨宇，直抵独秀山。1903年，清廷实行新政，废除科举，兴办学堂，改桂林贡院为咨议局。

这张照片，正是咨议局时代的独秀峰麓建筑群像，画面中只有

[1] 编者注：今印度果阿邦。

建筑，不见树木。

画面正中，中轴线上隐约可见的台阶，就是王府建筑的遗留物，保留至今的玉陛云阶。在明远楼故址建议会办公厅，龙门故址建门楼，至公堂故址建议厅，建筑仿照西洋样式。

原贡院东西两侧为文场号舍及临监、誊录、对读诸廨宇，东侧改建为优级师范学堂，西侧改建模范小学堂。龙门西南建甲种工业学堂，东南建图书馆。我们可以根据这些文字，从照片中一一找出对应的建筑。

尽管这张老照片不大，但方寸之间，一个文明的现代化的社会组织形态，却尽显端倪，这是桂林这座有着二千多年历史的古城，正在经历艰难的社会转型、步入新时代时留下的倩影！

那些年，桂林城的木炭汽车

抗战时期最重要的交通运输工具之一。

20 世纪初，许多工业文明的产物开始出现在中国人的生活中，比如汽车。

1922 年，孙中山在桂林倡导建设桂林到全州的军用公路，与湖南公路衔接，桂林汽车运输业开始起步。相对于水路运输，公路高效便捷，在桂林很是兴旺。三四十年代的桂林城，市内有公共交通，先后由民营承德公司、开源公司、华强公司和壬记汽车行承办公共汽车，开行桂林南站至桂林北站及阳桥经定桂门转桂东路、桂西路转榕荫路、环湖路至阳桥的环线（后改六合路至丽狮路）；市外有长途运输车，朝发夕至，北可经全州的黄沙河转乘湖南的公路汽车到衡阳，南可到柳州。

伴随着公路建设的发展，汽车在军事、经济、交通方面的作用日益突出，当时，中国石油资源尚未开发，汽油几乎全赖进口。外商垄断汽油价格，以致油价昂贵。为了让汽车能跑起来，中国技术人员开始研究汽油代用品，1931 年至 1932 年间，先后在长沙、郑州、上海等地成功开发出供汽车使用的煤气发生炉，并投入使用。抗战军兴，作为战略物资之一的石油的消耗量陡增，而供应却由于沿海港口城市先后沦陷而异常匮乏。当滇缅公路被切断后，内地汽油来源几乎完全断绝。其后虽然有了驼峰航线，也仅能勉力维持军事运输的最低需求。于是，抗战时期的民用公路运输几乎全部由木炭汽车（煤气汽车）承担。

所谓木炭汽车，就是把木炭放进为汽车特制的煤气炉内，使之在适当的温度下变成煤气，作为汽车动力。

木炭汽车的成熟结构为：木炭炉、瓦斯管、粗滤器、细滤器、混合器（化油器）等。其木炭炉与现今用的炉子的区别在于没有烟道（烟道将二氧化碳和一氧化碳都排掉了，而木炭汽车的木炭炉的主要功能就是用一氧化碳作为燃料，而不是将宝贵的气体排放掉）。木炭炉的上端设有水管，由开关控制水量，以掌握炉内木炭燃烧情况。其启动过程为：当炉膛内的木炭（木柴或煤炭）点燃后，迅速封闭炉盖，造成炉内缺氧，使燃料处于半燃烧状态，从而产生一氧化碳（俗称煤气）。一氧化碳经过瓦斯管、粗细滤器过滤后，到达混合器，与外界进入的空气混合后，便形成可燃气体，然后进入气缸，通过电火花点燃爆发而产生动力，驱动汽车运行。

1939 年 8 月至 9 月间，著名的地质学家李四光由桂林到恩施参加湖北省临时参议会的会议，因不愿意坐木炭汽车，就乘飞机先到重庆，再由重庆坐轮船到巴东。但到巴东之后，李四光发现停放在车站的汽车全部是木炭汽车，只好试一试。结果，木炭汽车行驶了 200 多千米的崎岖山路，顺利抵达恩施。恩施会议后，李四光还坐木炭汽车在川鄂边境考察地质，事毕，又坐木炭汽车经川东湘西返回桂林。从此改变了对木炭汽车的看法。

民国时期的木炭汽车，从研制推行到逐渐被淘汰，历时将近 15

年，作为主要交通运输工具的木炭汽车，完成了抗日战争时期繁重危险的运输任务，为保障战时的公路交通运输做出了不可磨灭的贡献。

这张照片呈现的就是抗战时期桂林北城门口整装待发的木炭汽车。车后背着大大的木炭炉子，司机正在查看炉子的燃烧情况。

20 世纪 40 年代桂林就有两条公交线路了

桂林城市交通的现代化发源于此。

这是一张来自桂林道生医院外籍人士相册的照片，拍摄时间大约是20世纪30年代末至40年代初。照片上，两辆客车停在道生医院门口，正在下客。后面的山峰隐隐现出一个小亭子，像是独秀峰的一角。从这张照片里，我们大致可以窥见那个时代桂林公共交通的状况。

20世纪30年代，新桂系主政广西，革故鼎新，开展了一系列建设，作为省会的桂林更是面临着巨大的变革。一时间，冷兵器时代的护身符——城池变成了城市发展的紧箍咒，一场拆城墙、修马路的建设在白崇禧的主持下开展。除了修马路，新桂系还积极修建铁路、机场。抗战军兴，经过多年的经营，桂林的立体交通格局已然形成，一跃成为东南与西南之间的交通枢纽，铁路、公路、航空、水道四通八达。除了传统的桂林经漓江—桂江—西江到梧州转广州的水路运输外，公路有往北的桂黄公路、往南的桂柳公路；铁路有湘桂铁路、黔桂铁路；机场有李家村、二塘、秧塘三座机场，还开辟了多条航线。

桂林城原不大，街道辐辏，市内交通原来只有人力车和轿子。

随着马路的修建，桂林市内交通也逐步现代化，先后由民营承德公司、开源公司、华强公司承办公共汽车，开行桂林南站至桂林北站及阳桥经定桂门转桂东路、桂西路转榕荫路、环湖路至阳桥的环线（后改六合路至丽狮路），均因亏本而四起四落，于1942年停办。1942年11月1日，壬记汽车行承包桂林的公共汽车，重启桂林公交，并且将线路做了适当延展，有南北、东西两条线路。南北线为：湘桂铁路南站（大）—火神庙（小）—南门桥（小）—文明路（小）—环湖路口（小）—依仁路口（小）—中北路口（大）—乐群路口（小）—金鸡路口（小）—桂政路口（小）—观音阁（大）—半边街尾（小）—湘桂铁路北站（大），共计四个大站九个小站；东西线：六合路东端花园村（大）—国老桥（小）—中正桥东（小）—中正桥西（小）—正阳路口（大）—桂西路口（小）—榕荫路（小）—丽狮路（大），以上共计三个大站五个小站。票价为每大站法币一元，不及一大站者，按大站记。

据当时的《桂林市公共汽车行车规程》记载，公共汽车为木炭车，每车规定设置三十个座位，一盏灯。汽车起点及终点每次开车时间相隔不得逾十分钟。行车时间：春冬季每日晨六时起至晚十时半止；夏秋季每日晨五时半起，至晚十一时止，比现在的公交运行时间都还长呢。

从这个行车规程中，我们大致可以看出桂林当时城市发展的情况。随着新桂系主政时期的城市建设，特别是抗战开始后大量难民的涌入，桂林城区早已突破了原先的范围。壬记公司运营的公交线路正是适应了城市生活的需要，向东，经过中正桥将漓江两岸连为一体；向北，与湘桂铁路接驳。同时，城市的生活节奏也在加速，居民有了更多的出行需求，所以公共交通才有了这样长的运行时间。

公共交通是城市现代化的标志之一。据历史资料记载，国内最早有公交车的，是天津，时在 1905 年；1909 年，大连有了有轨电车；1914 年，上海开行无轨电车；1924 年，北京开行有轨电车；1931 年，南京开行有轨电车。桂林，作为南方一个边远小城，在 20 世纪 30 年代末，即开辟了市内公共交通，也算是比较早的。

民国的《桂林导游》怎样介绍桂林

1942年出版的《桂林导游》（虞重卿、潘泰封著）

桂林旅游业之发达，早有渊源。

三十多年前，我在故纸堆中开始了第一份工作：摘抄抗战时期的桂林文化资料。一个偶然的机会，我看到了两本民国时期出版的《桂林导游》，这极大地激发了我的好奇心。要知道，在20世纪80年代，旅游对大多数国人来说，尚属奢望。而在40年代，国力羸弱，战火纷飞，桂林就已经正式出版了两本导游书籍，彼时桂林的旅游，是一种什么样的情形？该有多么发达才需要出导游书籍？

三十多年来，这个疑问一直存在我心里。随着阅历的增加，以及资料收集的广泛，一个精彩纷呈的桂林民国旅游世界，逐渐呈现在我眼前。

还是让我们顺着《桂林导游》这根藤，去爬梳那些丰硕的桂林民国旅游的瓜瓜果果吧。

有书有真相：20世纪40年代出版的《桂林导游》是什么样的书？

民国时期，桂林一共出版了两本名为《桂林导游》的书籍，一本作者为顾震白，民国三十一年（1942年）十二月由大众出版社出版发行（以下简称顾本）；另一本的作者为虞重卿、潘泰封，初版的时间也是民国三十一年（1942年）十二月，由中国旅行社发行（以下简称虞本）。两本书虽各有特点，但都是体例完备、功能强大、极具实用价值的现代导游书籍。

顾本分十个部分介绍桂林，分别是：一、桂林漫话；二、桂林的风景；三、桂林的掌故；四、桂林的食宿；五、桂林的交通；六、桂林的金融；七、桂林的文化事业；八、桂林的公共事业；九、桂林的工商企业；十、桂林的公共娱乐业。从第四部分起，其体例是先对涉及行业的总体面貌有一个综述，然后用一览表的形式，将桂林的各行各业名单、地址、经营种类、价格、联系电话等予以罗列，如桂林的工商实业一节中，列了桂林的工业、中西药业、电器业、五金业、钟表眼镜业、绸缎布疋业、卷烟业、洗染织衣业、理发业、家具业、拍卖行、浴室业、理发业、中西制衣业、百货业等一览表。在桂林的文化事业一节里，先有一段综述，然后有桂林的教育学术机关、图书文具业、出版业、印刷业等一览表。书中涉及旅游的行、食、宿、娱乐等各方面资讯，都有简明扼要的介绍，外加列表。比如交通，举凡当时桂林的交通内容、细节，如市内交通、市外交通；公路交通、水路交通、铁路交通；站名、里程、票价、时刻等，都有介绍。这本书洋洋洒洒共有120个页码，但给人的整体感觉更像一本桂林的小百科全书，从这本书里，我们可以一窥当时桂林社会的全貌。

虞本《桂林导游》由专门从事旅行事业的中国旅行社编印，其篇幅虽只有顾本的一半，但在内容上似乎更专业一些。其目录为：

一、凡例

二、桂林市及近郊风景图

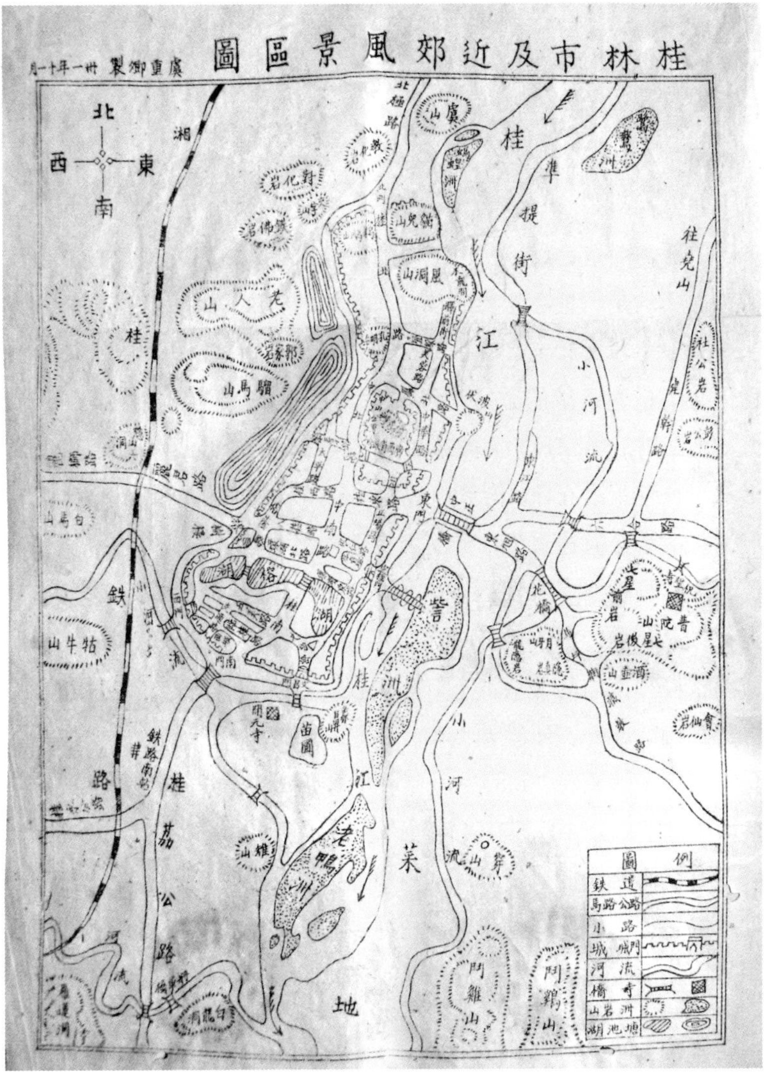

《桂林导游》一书所附虞重卿绘制的桂林市及近郊风景区图

三、图景

四、游程响道

五、交通概要

六、食宿娱乐

前面的图景是点缀，由当时的名画家绘图，配上一些桂林山水诗，显示的是一种趣味和品位。在正式的行文中，其主体部分分为三部分：上篇游程向导、中篇交通述要、下篇食宿娱乐。上篇的游程向导，按六日游的方式组织线路，介绍沿途景点，如：第一日，游城内诸山；第二日，游城东诸山；第三日，游城西诸山；第四日，沿漓江舟游；第五日，游尧山或西林公园；第六日，游市区。

在中篇交通述要里，分门别类地介绍了桂林的铁路、水路、公路、航空概况，各种交通方式中的班期、站点、时刻表、里程表、运行线路、票价等资讯，应有尽有。在市内交通一节里，还详细地介绍了桂林市内的公共汽车行车规程。对线路、站点、票价等介绍尤为详细。此外，还有人力车、渡船、邮电方面的资讯。从这本书里，我们了解到在20世纪40年代的桂林，已经初步具备了一个现代城市的基础，并且拥有飞行航线。

下篇的娱乐食宿，与顾本一样，把桂林的旅馆业、餐饮业、娱乐业的名称、地址、电话直接用列表的方式呈现出来，让读者一目了然。表中所列桂林旅馆，竟然有50余家。可见当时桂林旅游业之发达。

独秀峰　花桥

民国时期的桂林导游书诞生记

虞重卿、潘泰封编写的《桂林导游》一书插图

发扬国光，服务行旅；
阐扬名胜，改进食宿。

民国时代桂林为什么会出版导游书籍呢？这里面有个大的时代背景，且听我一一道来：

一、一位银行家在洋人办的旅行社遭到冷遇，催生了中国现代旅游业。

20世纪20年代，上海银行总行总经理陈光甫曾自述其一段经历："数年前，余自上海往云南，至西人经营之某旅行机构买船票。入门，见柜内少年两人正与一女子娓娓交谈，初以为必问旅行事无疑；乃候之久，而言仍未已，后始知所谈者毫无涉于旅行。此少年目击余之伫立，竟不招待，殊属无理，余乃废然而返，改至运通银行购票。途中自忖外人之所以藐视余者，因我非其族类。然外人在华，投资雄厚，诚足惊人，更进而经营我国内旅行事业，国人自甘落后，可耻孰甚！遂毅然有经营旅行社之意。"

1923年8月15日，上海银行旅行部正式宣告成立。

旅行部于创立之始，曾揭示其经营目标：一、发扬国光；二、服务行旅；三、阐扬名胜；四、改进食宿；五、致力货运；六、推进文化。盖其业务之广泛，经营之难度，远非通济隆（英）、运通

（美）、国际观光局（日）所可比拟。既办客运，又办货运；既业导游，又业出版；既营旅馆，又营餐车；既协助大批学生出国留学，又协助公私集会之舟车问询事宜；……此种旅行企业，除旧中国旅行社外，盖未之见。

值得一提的是，中国旅行社有自己专门的出版部门，编印出版了《旅行杂志》及一系列旅行书籍，在资讯尚不发达的民国时期，对宣传旅行事业起到了很好的作用。

二、日本侵华，国土大片沦陷，桂林成为大后方中心城市，旅行事业发展迅速。

一般的抗战文化研究者，经常提到桂林是抗战文化名城。但如果我们把眼光放宽一点，就会发现，桂林在抗战时期的发展，远非“文化城”三个字可以概括，那应该是一个经济、社会、城市建设各项事业全面发展的时期。尤其是香港沦陷以后，大批工厂、机关、学校、科研院所、出版社、书店、媒体相继迁桂，这其中，也包括中国旅行社。

人口的激增、各项事业的兴盛，使一些有识之士觉得有必要编辑出版一本介绍桂林情况的书籍，这就是长期在铁路运输部门从事文秘工作的顾震白编著《桂林导游》一书的原因。

如果说顾震白之编写《桂林导游》一书，尚属个案的话。那么由中国旅行社出版发行的《桂林导游》一书，则是有组织、有计划、有统筹的出版了，这与中国旅行社的组织架构和在桂林的业务发展是分不开的。

上海银行桂林分行于 1939 年开业时，同时开设了中国旅行社的桂林分社，主要业务为发售火车、飞机客票。

1942年初夏，直属于中国旅行社总社的出版机构在桂林成立，由潘泰封任主任，孙福熙为顾问，旅行出版事业极一时之盛。

中旅在桂林的出版物，除《旅行杂志》外，还有32开本的《旅行便览》半月刊，《西北行》《川康游踪》《欧美采风记》《大时代的夫妇》《兴安胜迹概要》《皖南旅行记》和《西南西北交通图》等，中国旅行社内部刊物《旅光》半月刊，也在桂林编辑出版。在所有中旅出版的旅行书籍中，就包括重点推出的潘泰封、虞重卿编辑的《桂林导游》一书。

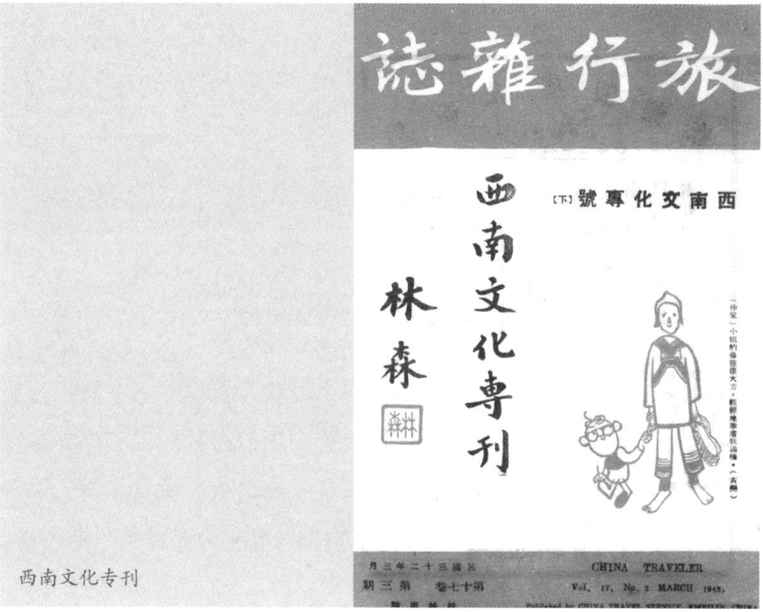

民国《旅行杂志》如何写桂林

民国《旅行杂志》封面

桂林的木屋尤其应该是天下第一。

民国时期的上海，诞生了一个很牛的旅行机构——上海银行旅行部，这个机构后来自立门户，改组为中国旅行社。说它牛，是因为它既办客运，又办货运；既业导游，又业出版；既营旅馆，又营餐车；既协助大批学生出国留学，又协助公私集会之舟车问询事宜。

中国旅行社在推进文化、出版宣传方面，有许多可圈可点之处，而其最大的亮点，要算创办《旅行杂志》。这本杂志创刊于 1927 年春季，是近代中国最早的旅游类杂志，三个月一期，每年出四期，以铜版纸精印。编辑室位于上海四川路 110 号 4 楼，由庄铸九总负责，聘请《申报》编辑赵君豪主持编辑业务，画家张振宇为美术编辑。“以事属创举，凡版式封面之风格，文字图画之质量，皆刻意讲求，匠心设计。发刊以后，销路不胫而走”，深受读者欢迎。为适应市场需要，自 1929 年第三卷起季刊改为月刊，至 1954 年 6 月停刊，共出版 28 卷 314 期。

《旅行杂志》以“阐扬中国名胜”“发展旅行事业”为宗旨，不定期开设编者缀言、中国旅行社要讯、国内游记、国外游记、交通备考、行旅常识、旅行讲座、舟车时刻等栏目，介绍这一时期中国旅行社的主要活动、各地旅游名胜以及饭店、宾馆等内容。

《旅行杂志》与桂林有着不解之缘，曾经多次刊登介绍桂林山水和风土人情的文章。桂林以山水名天下，桂林之山水最能体现东方美景的特色。游客每到广西必定要看看桂林山水，游游阳朔，方称完美。所以《旅行杂志》对桂林山水予以极大关注，自 1934 年第 2 期至 1935 年第 12 期，连续数期刊登俞心敬撰写的 6 篇介绍桂林山水的游记。

俞心敬供职于桂林邮局，闲暇时喜游山玩水，他又博览群书方志，对桂林山水的真趣有独到见解。他在《桂林山水记》中，不仅介绍了独秀峰、伏波山、象鼻山、斗鸡山、雉山、七星岩等桂林名胜，更对这些景点的来龙去脉做了详尽介绍，使游人对桂林的山水有更深切的了解。

古代与近现代的中国旅游者，很少把民居作为旅游景观加以观赏。然而我们在《旅行杂志》所刊登的游记中，却看到了这样的文字：“桂林的风景可以算是天下第一，桂林的木屋尤其应该是天下第一。”“这种木屋，除了屋面用瓦片，墙基用砖，其他各部分都是用木和板。有的在木板外面涂上一层厚厚的灰，使我们看不出原来的面目；有的简直连灰都不用，墙就是木板。”同时，桂林“有许多漂亮的民房，一连是三进四进，利用泥土灰沙的地方也是极其有限。四壁都是木板，有一种显然的特色：窗户特别的多，而且喜欢在走廊里围着栏杆，而且大都是油着绿色或者红色……”这样的描写弥足珍贵。

1942 年初夏，直属于中国旅行社总社的出版机构在桂林成立，由潘泰封任主任，孙福熙为顾问，专门负责编辑《旅行杂志》。桂林版《旅行杂志》始于 1942 年 8 月，是十六卷的第八期，这卷杂志除桂林版外，上海版出至第十二期，即告停刊。因此，十六卷八期至十二期各册，有桂林版和上海版两种。

桂林版《旅行杂志》编辑部初设桂林，后因孙福熙迁家云南呈贡，有一个短时期就在那里编辑。经常为桂林版撰稿的茅盾、庄泽宣、盛成、费孝通、柳无忌、徐仲年、罗莘田、马学良、郭祝崧等，均属一代名家。这时期杂志的学术气息特别浓，曾出版过《西南文化专号》两册，对西南各省的民族学、人文地理学、动植物学、语言学、社会学、考古学的研究，做出了很大的贡献。

那些纷至沓来的旅行团

由广州基督教青年会组织的第二次广西旅行团团员合影

组团旅游，将旅行所见结集出版，蔚然成风。

20世纪30年代的广西，正处于一个新旧交替、万象更新的时期，新桂系已然形成，政局渐趋稳定，一系列施政措施纷纷落地奏效，模范省的声誉逐步形成。来广西旅游，或以旅游为名来广西进行各种考察的团体、个人纷至沓来。由广州基督教青年会组织的第二次广西旅行团和五五旅行团是其中两个比较著名的团体。

1932年，广州基督教青年会组织了第二次广西旅行团，有粤港各方人士18人参加。其中有香港华商总会主席黄华田及夫人、著名西医医生叶锦华夫妇，此外尚有香港英皇书院的教习、广州兴华电池厂厂主和广东基督教青年会干事林伯均等。团员中有的有亲戚朋友之谊，且多次结伴出游，也有的是孤身加入的。旅行团原计划在广西逗留14天，后因故延期为16天。他们的游程为广州、三水、梧州，然后乘船溯西江而上到桂平，游西山、弩滩、武宣、石龙、柳州，自柳州乘车沿桂柳公路经荔浦到达西林公园（雁山园），停车游览后，驱车前往桂林。在桂林，游览了独秀峰、老君洞、孔明台、铁佛寺、白鹤洞、南熏亭、木龙洞、风洞山。因为事先得到广西军政当局的关照，旅行团所到之处，得到很好的招待。团员中有一个叫卢湘父的教师，全程记录了游览过程，并把它辑录成书，再配以照片，题名为《桂游鸿雪》，1934 年由广州基督教青年会作为会友特刊出版。

五五旅行团则是一个更有来头的团体。

民国廿一年（1932 年），一些军政界人物组织了一个旅行团，于 5 月 5 日由广州乘船往广西，故曰五五旅行团。团员有：叶恭绰、伍朝枢（国民党元老伍廷芳之子）夫妇及女儿、罗翼群夫妇、傅秉常（前外交官）、陈道行（军界人物）、吴一飞（军界人物），还有一

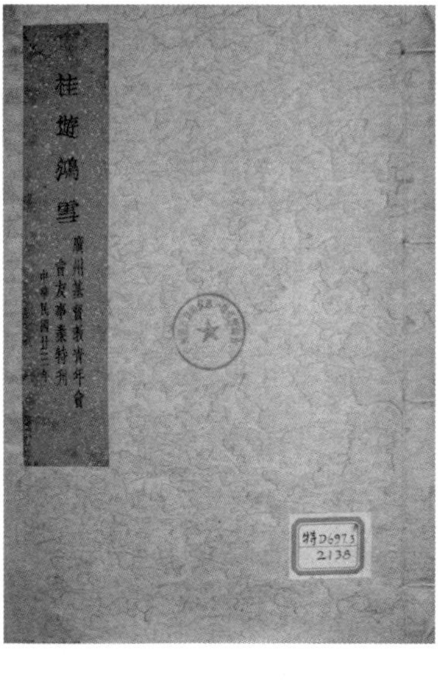

《桂游鸿雪》封面

些知名人士如画家高奇峰及其女弟子张坤仪，德医柯道，牙医刘体智（留美、善摄影），香港皇后轮船公司经理二人，香港一洋行买办并携带一老太太和两位小姐，记者刘荫荪、高燕如、梁培基及其长女梁蔼怡等，一共25人。旅行团的行程是由广州乘船到梧州，转往郭德洁的家乡桂平西山。之后转乘车到南宁，经宜山、柳州、荔浦到桂林。后由桂林乘船经阳朔折返梧州，再回广州。

据知情人说，这个旅行团是有政治背景的，与当时两广当局正在谋划的反蒋图谋有关。广西为表示对旅行团的隆重接待，每到一处都组织群众夹道欢迎。在食、住、行方面，广西当局对旅行团招待无微不至。如住宿方面，完全购置新的卧具，在南宁时还占用两家最大的饭店作为招待旅行团之用；饮食方面，每到一处都用全猪宴招待；出行方面，每辆小汽车，后坐二至三人，前面除司机外，还有一个随员，专门侍候客人。

旅行结束后，编印了一本《五五旅行团游记》，收录了很多照片。

在那个年代，虽然专业旅行机构已经在上海诞生，但旅行业务尚未普及，只能为上流社会所享用。一些社会团体和个人，也因为各种原因，自行组团旅游，比如著名的上海友声旅行团、上海《良友画报》摄影旅行团等，将旅行所见结集出版，也是那时的风气。

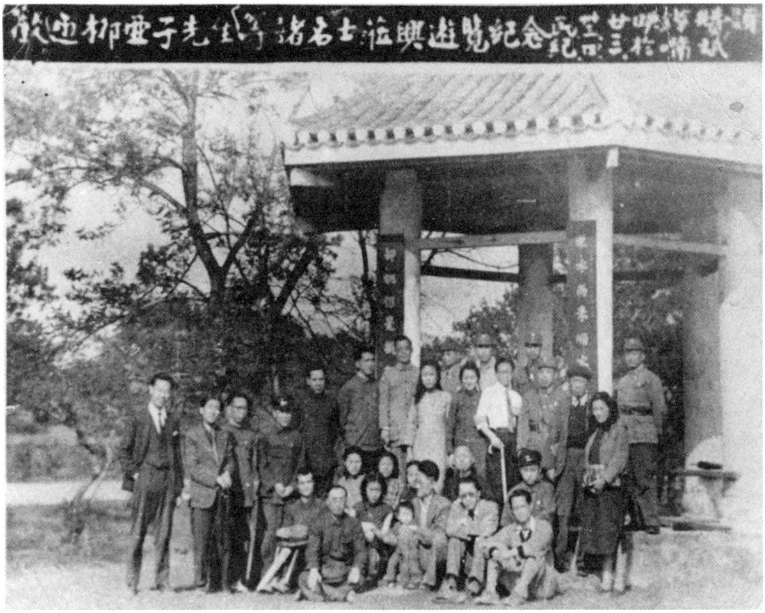

一张老照片和两度兴安游

1944年，柳亚子一行游兴安灵渠

柳亚子、田汉、安娥、刘雯卿、阳太阳、李白凤……

这是一张重量级的老照片，记录的是桂林抗战文化城时期一次著名的游览活动，时在 1944 年 4 月 23 日。

照片上的题字“欢迎柳亚子先生等诸名士莅兴游览纪念民纪卅三、四、二三映于铧嘴赞斌题”告诉我们，这次游览活动的中心人物是柳亚子，而东道主则是王赞斌。仔细辨认，照片上的人物大都是名人雅士，硕儒宏彦：左边那位穿着旗袍、拿着手包，面带微笑的女子是安娥；她身旁那位西装革履、头戴贝雷帽的男子是她的爱人——戏剧家田汉；再过去那位一身戎装的军人是桂北师管区司令王赞斌；拄着拐杖、穿白衬衫、打领带者是喜好男装打扮的女诗人刘雯卿；左边高个西装男是画家阳太阳；他旁边是画家尹瘦石。前排席地而坐的，右起为著名学者、书法家李白凤；著名学者、古典诗人陈迩冬；著名学者、诗人、桂林才子朱荫龙，中间坐着的那位留着胡须的光头男子即为柳亚子。

关于这次游览活动，曾有人撰文叙述。而活动的亲历者，照片中柳亚子身边戴学生帽的那位朱袭文先生，曾托黄伟林先生做过订正，并详叙了这次活动的由来、经过。简而言之：当时驻扎在兴安的桂北师管区司令王赞斌中将，素喜结交文人和赞助文教事业，因久仰柳亚子之名，邀请柳亚子一行游览兴安，还与铁路部门商量，专门为此行加挂了一节车厢。车厢内设置一张大型方桌，备有文房四宝，供柳亚子一行挥毫泼墨。在王赞斌等人的陪同下，柳亚子一行游览了灵渠、铧嘴、大小天平等，并留下了这张照片。

朱先生的订正中专门说到一点，参加这次游览活动的人里没有戏剧家熊佛西。而熊佛西在抗战时期，确实参加了一次在桂文化人集体游览灵渠的活动，还专门写了一篇游记。这又是怎么回事呢？

翻阅资料，细加考察，原来，“这鸭头不是那丫头”。早在1942年5月24日，中国旅行社和湘桂铁路理事会联合举办了一次在当时来说是规模空前的招待旅游团，游览兴安。参加者有150余人，都是当时在桂林的各界知名人士，其中有李任仁、蔡廷锴、茅盾、熊佛西、叶浅予、孙福熙、滕白也、王羽仪、张安治、戴爱莲等。

湘桂铁路局特为旅游团挂了一列专车，中旅社出动了20余名职工做了非常周到的服务。兴安当地组织了一个以王赞斌中将为首的接待委员会，他们在游览团到达后，开了一个盛大的招待会，并提供多方面的款待，其中包括话剧团的精彩表演。中旅在灵渠的分水台上，安排了画桌，置备了文房四宝，画家们即席写生，画出灵渠及其周围山水之胜。最引人注目的是滕白也和熊佛西的指画。蔡廷锴写的大字“古迹伟大”，一气呵成，气势雄伟，显出英雄本色。良景美景，引起诗人们的诗兴，有的即景吟咏，有的在返回桂林后用诗追记，而带头的是李任仁议长，他写道：“揽胜回来日未西，虽无橘柚也成蹊。秦皇万世儿孙计，只见湘漓西岸堤。”次日，桂林各报都以生动的笔触报道了这次兴安畅游。

原来，照片中的这次游览，是1942年那次规模宏大的灵渠旅游的“克隆版”。是时，轰轰烈烈的西南剧展已经进入尾声，日寇铁蹄已经逼近桂林。几个月后，山清水秀的桂林就被淹没在炮火硝烟中。

一张乐群社老照片引出的故事

1945年8月，桂林光复后的乐群社残貌

以事关大义，义不容辞，
乃恭检所藏，用以应命。

朋友L君近日筹划出版一本有关桂林历史摄影题材的书籍，嘱我帮他找一些老照片。翻检以前收集的资料，看见一张乐群社被轰炸后的照片：昔日的架子还在，但残损的面貌早已不复往昔荣光。脑袋中的搜索引擎不断寻索记忆库，一段尘封的往事，从记忆深处被调了出来。

多年以前，我还在档案部门供职，一天，接到一位陌生人的电话，问我知不知道乐群社，知不知道文尧其人，说有个藏品想拿给我看一下。不多时，一位三十出头的年轻人带着一个册页赶了过来。翻开一看，是一本名人的亲笔题字和漫画册页，题者有周恩来、李济深、蔡廷锴、陈铭枢、黄琪翔、萨空了、张文元、黎寄吾，都是些如雷贯耳的名人，而受题者是文尧先生。年轻人说，这些题字是当年在桂林乐群社供职的文尧征集的，题字者都曾经是桂林乐群社的住店客人。一番交谈和了解资料后，结合我所了解的桂林乐群社情况，我大致弄明白了事情的原委。

1935年初，广西当局在南宁设立了一个集招待贵宾和开展青年康乐活动于一体的场所，定名为“乐群社”，取“敬业乐群”“独乐不如众乐”之意。由李宗仁任名誉理事长，夏威为理事长，白崇禧、黄旭初为副理事长，程思远为总干事。还先后在柳州、梧州、桂林、百色等地成立了十个分社。据发起人程思远回忆：第一个是南宁乐群社，设在陆氏花园，有贵宾楼、中西餐厅、网球场、游泳池等设施。广西青年的游泳活动，是乐群社提倡起来的。后来，桂林乐群社办得更好，为进步文化界集会联欢、茶叙之处。当时，桂林乐群社与上海电影商人宗维赓合办桂林乐群电影院，座位约五百，并设有茶座、露天篮球场、网球场和水上游泳场等。经常举办游园晚会、音乐会、画展、古玩展以及各种体育比赛。文尧是乐群社经理，负责接待工作。此君相貌堂堂，文质彬彬，热情周到。出门在外的人，很需要别人的关照，尤其是战火纷飞时期到桂林来的人，不是肩负重要使命，就是逃难。文尧的接待，使人如沐春风。而文尧也是个

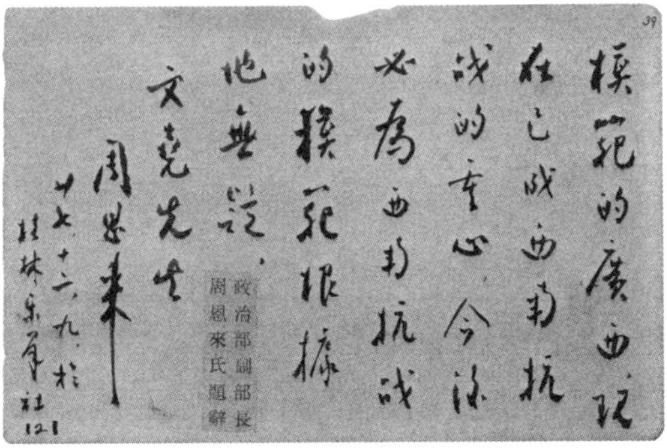

1938年12月9日，周恩来在乐群社为文尧所题之辞

有心人，给人送去温暖之后，顺手递上了签名册，留下了名人们宝贵的手迹。签名册的保管者，“文革”中被抄家。这些签名流失到了收藏家的手上。

如今，有人出大价钱，收买这批签名，持有者想弄清楚文尧真实详尽的情况。我对此也发生了兴趣。无奈当时多方查找，再找不出有关文尧半点有价值的信息。

如今往事重新被记起，我不免又“百度”了一下，这次却又有一个有趣的发现，香港翰墨轩出版有限公司总编辑许礼平在《东方早报》上发表了《乐群题辞册》补跋一文，详细解读了这本册页，文中提到：“值抗战胜利七十周年，湖北省博物馆联合滇西博物馆领衔筹办抗战文物展览会。其间当事不耻下问，祈小轩征借有关文物。以事关大义，义不容辞，乃恭检所藏，用以应命。数十品中，有八开墨迹题辞册，而题辞者大都为战时砥柱，其关系之时、地、人皆有足记述者。然当时展览限于篇幅，未及详言。今翻阅展览图档，忽兴补跋之念，谨掇短文，用申微慕，亦兼飨读者。”

从这段话来看，《乐群题辞册》已为香港翰墨轩所收藏，并已展出。

我很想知道，是当年那位怀揣册页来找我的人，将册子卖给了翰墨轩呢，还是我当年所看到的那个册页，原本就是个赝品？

雁山园里远去的读书声

20世纪三四十年代的雁山园，相思江横贯其中，无关园林的校舍建筑充斥其间

借丘壑之胜为经诵之所，
新构虽增，但求实用。

一代名园雁山园命运多舛，在经历了初建之盛、衰败之痛、易主之变、中兴之幸、再衰之伤之后，1929 年，被它的第二任主人岑春煊捐献给了广西省政府，成为公园。此时，距离园子初成不过 60 年，一个甲子。

岑春煊捐园之意，是希望园子成为公园后，得众人的爱护，有更好的未来。然而，事与愿违，园子公则公矣，却不复为园林。

1930 年至抗战前这段时间，先后有广西村治学院、广西省立师范专科学校、桂林高中、广西大学四所学校在这里办学。据 1934 年出版的《桂游鸿雪》记载："今则为师范专科学校"，"园内有茶亭、鸟鱼亭，中有池，池心有亭台，长桥画槛，掩映波光"，"其亭台为学校所有，分为图书阅报及各办事室"。驻园各校基本维持公园原貌，仅作局部修整或新建，对公园破坏不大。

抗战期间，广西大学与 14 年抗战相始终，其间，按办学要求改造了雁山公园，修建校舍、礼堂、办公楼等，"借丘壑之胜为经诵之所，新构虽增，但求实用，无关点缀"，使雁山公园既不像公园，又不像学校，基本上改变了公园的原貌。

自1930年开办学校起，到1944年广西大学因战火撤离雁山园止，雁山园虽屡经建设性破坏，但园林格局尚存，山水岩洞依旧，红豆香樟还在，更重要的是，其名声在外，来桂旅游者，仍慕名前来，比如广州基督教青年会组织的第二次广西旅行团和五五旅行团等。许多重要人物到桂林都曾专门游览雁山园，以满足寄情怀古的幽思，孙中山、林森、蒋介石等民国政要都曾专门造访这座园林。许多著名学者如马君武、杨东莼、陈寅恪、陈望道、薛慕桥、邓初民都曾在这里的广西师专和广西大学执教。1935年，胡适曾在这里演讲、游山，因山中岩洞尚未有名字，胡适为之取名相思洞，并模仿广西山歌写了一首小诗《题相思岩》：

相思江上相思岩，相思岩下相思豆。
三年结子不嫌迟，一夜相思教人瘦。

抗战烽火四起，校园不复安宁，雁山园内曾驻兵屯粮，最华丽的建筑涵通楼、澄研阁毁于火。抗战胜利后，广西农学院在此办分校，因经济拮据，无力大兴土木，只能修修补补，勉强维持办学上课。1953年正式成立广西农学院，虽作修缮，学校气氛仍重于园林气氛。

1958年后大兴办学，先后在这里开办了桂林农校、桂林建校、桂林八中分校、雁山中学等。1962年，桂林市园林处接管雁山公园，并初步整理建设开放。朱德、周恩来等党和国家领导人曾先后来园视察。1967年，正值“文革”，园林处于被批的“封、资、修”地位，农校再次迁入雁山公园，雁山中学也乘机楔入，大好园林，复为校舍，更未整理开放，甚为惋惜。

在那个荒唐的年代，雁山公园的岩洞里被杜撰出了一个水牢，成为阶级教育的场所，我第一次涉足雁山园，就是20世纪70年代，去参观所谓的水牢，听一位农民伯伯控诉地主“人压迫人，人吃人”的血泪史。

回顾雁山园的历史，令人扼腕。其自然天成，正如岑春煊所言：“山水纯乎天，花树历久亦几于天，亭台之宜则称于天。”虽然历经磨难，不为人所珍惜，但也不能被人所尽毁。“以其天成之区，非人力之功，亦非人力可径夺也。”

雁山园是桂林迄今为止，唯一尚有遗址可寻的古典园林。在新世纪初叶，雁山园又有了新的园主，修缮林园、策划“岭南文库”、引入画派、梳理园史，一代名园，隐见昔年风雅。

桂林中学，文脉所系

20世纪三四十年代桂林中学校门

如水长流，如山攸崇，
唯我青年矫健为从。

在广西，你再也找不出第二所这样的中学：它文脉悠悠，传承千年；它遗迹昭昭，楼、碑俱在；它走过了110年的风雨岁月，依然砥砺前行，学风蔚然。这两张照片，就是这所百年名校在历史进程中留下的美丽倩影，从那张大门照片中，我们依稀可以辨认出它的名字：广西省立桂林中学。是的，它就是现在位于解放西路上的桂林中学。

这两张照片拍摄的时间，约在20世纪三四十年代，距今已有80余年。

桂林中学所在地是古代桂林府学故址。南宋乾道三年（公元1167年），静江知府张维在唐代广西第一个状元赵观文的故宅基址上建立府学。此后八百余年间，这里始终是粤西地区儒学文化的中心。

在校园内的奎光楼旁矗立着11件古碑，最早的两块石碑刻于元代，记录了儒教中古老严格的祭祀仪式——释奠的有关情况。说起这两块记录释奠仪式的碑记，还有一段曲折的故事。释奠，是古代学校的一种典礼仪式，即陈设酒食以祭奠先圣先师，同时儒学生徒也借此学习礼仪。为了能正确地演练仪式，使“礼达于天下”，南宋嘉定十年（公元 1217 年），广西提点刑狱吴纯曾刊刻了《释奠牲币器服图》《释奠位序仪式图》（以下简称《释奠》二图）石碑于府学中，给广西所有儒学生徒的释奠活动提供了一个范本。元至元十三年（宋德祐二年，公元 1276 年），元军攻陷桂林，《释奠》二图石碑毁于战火，所幸的是，有墨本（拓本）传世。南京一位叫鲁师道的儒学教授偶然获得了《释奠》二图墨本，悉心加以收藏。元贞元年（公元 1295 年），鲁师道获得了调往静江（今桂林）府学的机会，遂携带《释奠》二图来到了桂林。于是，在二图石碑损毁二十年后，它的墨本又回到了桂林的府学之中。其后又几经周折，才刊石留存至今。无言的石碑告诉我们，中国传统文化正是通过这些祭祀礼仪、国学经典影响着一代又一代的桂林人。

2000 年，桂林市解放西路改造，这些石刻原拟移往桂海碑林。后经桂林中学建议并出资，将府学文庙石刻移至校园内奎光楼西侧，由此形成了学校的“府学文庙碑林”。

回头再来说说照片中的那个时代。在 20 世纪初西风东渐、咸与维新的大潮中，1905 年 9 月 23 日，由广西巡抚张鸣岐倡议，在千年府学的旧址开办了广西第一所完全采用西式教学方式和教学内容的“桂林府中学堂”，也就是今天我们看到的桂林中学。民国时期，广西有模范省之称，在教育领域也是风生水起，教育家雷沛鸿出任广西教育厅长，在全省范围内推行国民基础教育，广西人的文化素质普遍得到提升。从桂林中学那座大门中，走出了无数俊彦英才，曾经的校长雷震、莫彝荣，也莫不是桂林教育名家。现在已是耄耋之年的熊永深先生于 1938 年春季就读桂中，几十年过去了，他还清楚地记得由满谦子作曲的桂中校歌：

浩浩漓江水，巍巍独秀峰，
桂中，桂中，桂中！
如水长流，如山攸崇，
唯我青年矫健为从。
努力行三自，革命竞始终。
桂中，桂中，桂中！
斗争求生存，为民族前锋。
冲，冲，冲！为我家邦，
进，进，进！兴我民族。

20世纪三四十年代桂林中学校园一角

浑融和尚与栖霞寺

20世纪30年代的栖霞寺

栖霞真境，修心参禅，绝佳之处。

唐宋时期，桂林佛道文化兴盛，宫观遍置，伽蓝林立，有城东尧山尧庙、城北虞山舜庙、西山西庆林寺、普陀山庆林观、龙隐岩龙隐寺、文昌门外护国庙、西山千山观、中隐山福缘寺、象鼻山云峰寺、普陀山全真观、叠彩山定粤寺、华景洞铁佛寺、城南厢化度寺、宁远河开元寺、雉山寺、七星山寿福寺、普陀山真武庙、城之南崇明寺、城之中大德庙、南溪山白龙庵等，各时代的寺庙散布在城里或城之四方。

历史长河滔滔，经过时间这把利剑的摧毁、战乱的破坏，再加上握有权柄者的有意清除，到 20 世纪 40 年代中后期，这些古老的寺庙已基本残损破败。我们只能从前人留下的照片中，找到一些古寺的踪影，一睹它们曾经的风采。这张照片，就是清顺治至康熙年间浑融和尚所创建、光绪年间广西巡抚张联桂所重修的栖霞寺在 30 年代的留影。

栖霞寺倚靠七星山，前临灵剑溪，得天独厚的环境是修心参禅的绝佳之处。隋开皇十年（公元 590 年），高僧昙迁云游桂林，于七星岩壁题写“栖霞洞”三字，唐代始于山麓修建“栖霞寺”，为桂林古名寺之一。唐天宝九年（公元750年）鉴真和尚应日本国之邀，率弟子第五次东渡，受风浪所阻，辗转来桂林，滞留期间，曾来栖霞寺参访传法。唐武宗会昌五年（公元845年），皇帝下令毁佛，栖霞寺未能幸免。元朝道士唐大淳重建，改为道教的全真观。明代万历年间（公元1573—1619年），僧人又在此洞前建有寿佛庵。明朝大旅行家徐霞客曾光临寺庵，留给后人大量珍贵的游记史料。

清朝顺治八年（公元1651年），曾参加过抗清的临济宗浑融和尚募化四方，耗时33年在寿佛庵的基址上恢复了栖霞寺。当时殿宇宏伟，结构精致，有山门、大雄宝殿、准提阁、韦驮殿、阿难殿、环碧堂、修竹亭、白莲池、放生池、回廊等，成为西南佛教一大名刹。浑融和尚，本姓张，湖南沅州人，生于明万历四十三年（公元1615年）；自幼饱读诗书，练就一身武艺，因不满明朝的腐朽统治，29岁时在衡州湖东寺出家为僧，法名本符，曾投入抚粤将军刘起蛟部，出谋划策抗击清兵，人称“秃参军”。此后他随军转战湖南、广西，屡败清兵。清顺治四年（公元1647年），清兵攻陷桂林，本符眼见明朝大势已去，无所作为，便离开军旅，来到桂林做了寿佛庵住持，重证佛缘。因本符名字已为清兵所知，因此改称浑融。南明时，曾与瞿式耜、张同敞、方以智、刘起蛟等抗清志士在此常聚，旷论国事。瞿式耜、张同敞二公成仁后，他仗义收尸，并在寺北建二公祠。清康熙四十三年（公元1704年），浑融和尚圆寂于栖霞寺，享年90岁，葬于寺前的灵剑江畔树荫下。1944年11月，日军进犯桂林，炮击七星岩，浑融和尚创建的栖霞寺殿宇楼堂尽成废墟，仅残存山门。

1988年，中国佛教协会会长赵朴初先生致函广西，陈请重修栖霞古寺。2001 年在桂林旅游发展总公司的支持下重建新寺，并于 2002 年 9 月 28 日落成。新寺建筑风格大多沿用旧制，唐风古韵、典雅庄重，与周边的自然景观相得益彰，是目前国内最大的唐式建筑风格寺庙。浑融和尚的塑像被作为新栖霞寺的一部分塑在庙门前。

酒人酒人安在哉

20世纪三四十年代的壶山：花魂飘渺不可追，酒人酒人安在哉独醒独醉岂复知其它，酒人酒人听我歌。

陶渊明有一句名诗："死去何所道？托体同山阿。"这是何等洒脱的人生态度！百年后躯体能够与山川大地融为一体，的确是一种幸福归宿，就如长眠在壶山下的雷酒人。

在七星景区普陀山的南麓，有一块地壳运动融蚀后的残石，因形如壶器，古人先以海上三仙山蓬壶、方壶、瀛壶之壶命名其为壶山。又因南望山形如一媳妇娘（古时桂林人对待嫁新娘的称呼）临镜梳妆，故明代民间俗称其为媳妇娘峰或搔首峰。到了清代，因东望山形似一只老式酒壶，称其为壶山或酒壶山、玉壶山，山南尚存清康熙五十三年（公元 1714 年）王豫"壶山"二字真书题榜，山下又恰有一石形如酒杯。清代彭光辅有诗赞道："高天作冶大地炉，鼓铸顽石形如壶。曲尘水满浮杯湖，万斗春酒醉得无。"今人以山形酷似一只蹲伏的单峰骆驼而直呼为骆驼山。以"驼峰赤霞"为名位列桂林新二十四景之一。骆驼山也成为桂林城徽之一。

与壶山结缘的雷酒人，是明朝末年江南一位带有传奇色彩的儒士，原名雷鸣春，号亮工。此人很有才华，却怀才不遇，与靖江王府宗室过从甚密。明亡以后，他不愿在清朝做官，流落到了桂林，结庐隐居壶山之下，清康熙年间病逝。他能诗善文，著有《大文参》《桂林田澥志》等著作，叙述了明宗室内讧及清兵入桂烧杀淫掠之事，后被朝廷列为禁书。他经常积善行医，治病救人；他特别喜欢喝酒，酿酒自饮，常饮不醉；他还喜欢桃花，在种桃、护桃和收桃的时候都背着酒壶，所以人们把他称为“雷酒人”。雷酒人由于思念故国（明朝），常常登临壶山，长啸抒怀，内心充满了郁郁苦闷之情。也许因为经常喝酒的缘故，所以传说有一次他饮酒后醉卧花丛，长眠不醒了。民间又有传说，以为壶山就是雷酒人死后的酒壶所化，给此峰添上了一笔浓郁的传奇色彩。雷酒人死后，附近的乡亲为了表示对他的崇敬心情，把他葬在壶山的酒壶嘴下面，常年与酒壶相伴。广东临高县县宰樊庶于康熙五十二年（公元1713年）还以山为碑，在壶山南面，也就是壶嘴上（即骆驼山的骆驼颈部）刻上了“雷酒人之墓”五个字，对他乐于助人、讲义气、重节操的品行表示敬仰。壶嘴下还刻有“壶山”“擎天”等字样。雷擎天是雷酒人的后裔，也葬在骆驼山下。

雷酒人当年在山前山后遍植的桃树，渐渐成了气候。每逢春至，桃花红遍，色泽斑斓，蒸若赤霞，景色极其优美，故有“壶山赤霞”之誉，清光绪十七年（公元1891年），桂林画家朱树德将其列入桂林续八景之一，并赋诗称颂：“方壶信非远，耸峙城郭东。山麓种桃树，花然万株红。晴光弄新色，赤霞满郊中。天公固酝酿，嘘气来鸿蒙。”

从此以后，每当人们来到壶山，看到成林的桃树，观赏“壶山赤霞”的绚丽景色时，不禁会想到这位传奇人物雷酒人。有的诗人还睹物思人，感怀身世遭遇，写下了一些情文并茂的诗歌。如清代诗人潘兆萱有诗云："壶山山上酒人墓，壶山山下桃花树。桃花年年烂漫开，酒人岁岁壶山住。桃花万树春风催，酒人一往何时回？"借对雷酒人的悼念之情，赞赏了壶山周遭桃花争艳、红霞紫雾的美景，诗中还隐含着对雷酒人的景仰之情和作者淡淡的叹息之声。另有一首长诗，虽然是刻在月牙山的岩壁上，但内容却是和壶山与雷酒人有关的，诗名叫《壶山看桃花饮雷酒人墓放歌》，作者是曾在桂林做过小学官的桂平人黄体正，其中，有这么几句：

卿相荣华溘朝露，圣贤寂寞归山阿。
我不知天开地辟至今人几多，纷纷扰扰都作浮云过。
不如挈榼提壶日饮酒，有花有酒况值春融和。
独醒独醉岂复知其它，酒人酒人听我歌。

舍利塔下的两桩公案

20世纪初，德国建筑师拍摄的舍利塔

褚公亲笔写《金刚经》碑，在舍利塔前。

那些从历史深处走来的遗存，包裹着丰厚的岁月浆汁，以独特的风貌屹立在那里。你看得见的是它们的模样，看不见的是它们的内涵，是沉淀在流年碎影中的故事，或者故实。故事和故实，虽只有一字之差，但请注意这两者的区别。

桃花江畔，象鼻山附近的舍利塔，就是这样的一个历史遗存。它在桂林历史与景观中的地位显赫，是开元寺的遗物。开元寺始建于隋朝，是佛教传入桂林后最早建起的寺院之一，原称缘化寺，唐代称善兴寺、开元寺，以后历代均有重修，直到抗战时为战火摧毁。开元寺规模宏敞，殿宇幽深，寺有五进，宋人刘克庄咏其“建阁五季时，丹碧见层累。吾行半区中，巨丽莫与比”。信徒如织，香火旺盛，既是佛门信徒顶礼膜拜的圣土，也是历代地方官员每遇节令祭祀及演习礼仪之所。唐代著名高僧鉴真和尚（公元688—763年）第五次东渡日本失败后，曾住锡于此，开坛受戒，讲经传法，主持佛事，以致开元寺中，人流如潮，成为桂林一大盛事，对桂林乃至整个广西佛教文化的传播，起到了极大的推动作用。

舍利宝塔在开元寺的后院，最早建于唐显庆二年（公元657年），系七级砖塔，高 30 多米，用以保藏高僧涅槃荼毗后的“舍利子”。“舍利镇寺，普共法界。”现存的舍利塔为明洪武十八年（公元 1385 年）重建，为明代过街式塔的精品。

围绕着开元寺舍利塔，有一个故事和一段故实。

故事是唐人莫休符的《桂林风土记》中记录的：“有前使褚公亲笔写《金刚经》碑，在舍利塔前。”光绪六年的《临桂县志》先是引用了《桂林风土记》的上述记录，接着以“案”的形式作了一个说明：“此碑至乾隆间尚存寺中，被临桂县典史严成坦铲去。”这两段记叙都如一句形容桂林之山的诗：“来龙去脉绝无有，突然一峰插南斗。”先说褚碑：唐显庆二年（公元 657 年），大书法家褚遂良因上谏触怒了唐高宗和武则天，被贬到桂林任桂州都督。唐代桂州佛教氛围较浓厚，褚遂良到任时恰逢舍利塔兴建，褚遂良为此书写《金刚经》碑刻的可能性是很大的。只是，照这两个记载，唐显庆年间书刻到乾隆年间铲去，有上千年的时间，那么多文人墨客到访桂林，有的还专门慕名去寻访，却没有一个文人留下他们看到过这块碑的记录。再说铲碑一事亦属蹊跷：清朝是个礼佛的朝廷，典史只是个不入流的小吏，严成坦为什么要铲这块碑，又怎么敢铲这块碑？严成坦是何方神圣？只见嘉庆年《临桂县志》有这么一句话涉及此公，史上再无关于他的记载。所以，姑妄言之，姑妄听之。

舍利塔下还有一段关于舍利函石刻的故实，读来令人扼腕：唐桂州善兴寺《舍利函记》石刻，清以来金石鉴藏家亟称之，云：“广西金石，以此为第一古刻。”然而自唐初至清初 1100 余年间，不显于世。至清嘉庆年间，始由广西巡抚谢启昆幕僚胡虔于临桂万寿寺访出，旋为人藏去。道光三年（公元 1823 年），广西巡抚成格复购于市人，砌护于寺壁，再为人藏去。道光二十一年（公元 1841 年），广西巡抚梁章钜再访出，藏巡抚衙署，后失传。一说毁于同治六年（公元 1867 年）火灾，一说被梁章钜携归福建。到民国年间，不仅《舍利函记》石刻原石已不可见，既原拓本亦稀有传世者矣，坊间赝刻、翻刻本约六种以上。2000 年，桂林市市志办接安徽省合肥市有关人士来函，询《舍利函记》石刻函，内附《桂州善兴寺妙塔记》拓本复印件，钤“徐荣”“铁孙”收藏印记，并“徐识耜嗣守珍玩”墨书题识，知为清徐荣旧藏本。此即赝刻中的一种。据今所见《舍利函记》石刻原石拓本，唯中国国家图书馆藏李秉绶旧藏本，与广西博物馆藏孙黯旧藏本。以上见学者林京海《唐善兴寺〈舍利函记〉石刻流传摭闻》专文，这里限于篇幅，不再赘述。

这是开元寺舍利塔的一幅旧影，时间当在 20 世纪初叶。我们看到的仍然只是它沧桑的容颜，看不见它藏在岁月深处的经历。

大唐顯慶二年歲次
丁巳十一月乙酉朔十
三日丁酉於桂州城南
善興寺開發建立此妙
塔七級僧高十丈至顯
慶四年歲次己未四月
丁未朔八日甲寅葵
佛舍利貳拾粒東去大
三十餘步舍利鎮寺
普共法界一切含識永
充供養故立銘記

《舍利函记》石刻原石拓本，中国国家图书馆藏李秉绶旧藏本

大唐顯慶二年歲次
丁巳十一月乙酉朔十
三日丁酉於桂州城南
善興寺開發建立此妙
塔七級僧高十丈至顯
慶四年歲次己未四月
丁未朔八日甲寅葵
佛舍利貳拾粒東去大
三十餘步舍利鎮寺
普共法界一切含識永
充供養故立銘記

清代安徽徐荣藏《舍利函记》拓片（赝刻拓片）

半简残书与一座孤亭

20世纪30年代于越山上的四方亭（照片来源：美国南加州大学图书馆）

包括干越，跨蹑蛮荆。
婺女寄其曜，翼轸寓其精。

在美国南加州大学数字图书馆（USC Digital Library）中，保留着这样一幅照片：一座小山之上，矗立着一座体量不小的亭子，远山、近水、古城墙、蛇形的登山道，构成了这幅照片的解读要素，英文标注这座亭子为四方亭。据古城墙推断，亭子当建于20世纪30年代以前，照片摄影者站在叠彩山景风阁，南望于越山。画面中的亭子面阔三间，进深一间，圆柱歇山顶。此亭的景观价值在于由水东门浮桥处远眺叠彩山，亭如飞鸟栖于山间，增添山景层次。而亭子本身，则是观赏漓江两岸风光及叠彩山其他三峰的绝佳去处。

这是桂林创建最早且一千余年以来不断重建，至今仍存在的一座亭子，叫越亭，或于越亭。它见证了桂林山水由天生丽质到人化自然，再蜕变为人文山水的过程。

在桂林的景观开拓史中，唐代诗人元晦之开发叠彩山，绝对是浓墨重彩的一笔。叠彩山由四望山、于越山、明月峰、仙鹤峰组成，其构造十分奇特：于越、四望山山峦低平，东西屏列；仙鹤、明月两峰高峻，并峙于后。山势连属起伏，嵯峨特秀。山上树木葱茏，藤萝翳目，环境幽雅，登高眺远，风景如画。

唐会昌三年（公元843年），御史中丞、桂管观察使元晦开发营建叠彩山。其中，四望、干越（今作于越，下同）、叠彩三山为元晦所命名。史料记载，元晦曾书三山之名及三山记分刻三山，后人根据三记的内容拟题为《叠彩山记》《四望山记》《干越山记》。如今，叠彩、四望两山记及题名尚在，唯干越山记及题名不存，只在前人的记叙中，尚存半篇文字。

元晦的命名，属于用典命名，典深而名雅，饱含情思。如果说叠彩得名于“按《图经》，山以石文横布，彩翠相间，若叠彩然”，只是象形而已，那么四望山之命名，则大有深意：“山名四望，故亭为销忧。”据考，四望之名，语出汉魏诗人、建安七子之一的王粲所作的《登楼赋》：“登兹楼以四望兮，聊暇日以销忧。”以此典为故命名山和亭，表达了元晦身为北方人在南方为官的思乡之情。

那么，干越山名及亭名又典出何处呢？据明代桂林人张鸣凤的《桂胜》记载：“又《干越山记》文多剥落，不可读。大都纪其创构亭榭与山名干越之故，略可见者裁数十字，曰：‘直渚之北有虚檻钓榭，由此三径，各趋所抵：左指山隈；右向之僧舍，为写真堂；北凿山径，由东崖茅斋，经栖真洞而北。’《史记》云‘秦并诸侯，以百越之地为桂林郡。吴遣步骘征南，克有干越’，此后惟有‘吴都赋’字，不可读矣。”按其命名的习惯，干越山之得名，当与《吴都赋》有关。《吴都赋》是西晋大文学家左思的代表作《三都赋》中的一篇，历数吴都南京的繁华，吴国的历史、疆域、山川、物产、景胜。涉及干越的内容为：“故其经略，上当星纪。拓土画疆，卓荦兼并。包括干越，跨蹑蛮荆。婺女寄其曜，翼轸寓其精。指衡岳以镇野，目龙川而带坰。”因为《干越山记》之不存，我们只能从这半篇残简中，去揣摩创建人元晦的用意了。

现存的于越亭是1954年在原址上重建的，曾名于越阁，高轩爽朗，既是人们休憩之所，又是观山看水的绝佳之地。此亭八条大红柱，三开长方形，单檐翘角，四面开敞，造型古朴厚重，几乎占据了整个山顶。南面横梁上，悬挂着美籍华人、美国迈阿密中国画院院长梁粲缨女士题写的“于越亭”亭匾。

阳桥头湖滨罗马立柱之谜

20世纪30年代，榕湖环湖路市政广场（即现在桂林日报社大楼门口湖滨一带）上的桂林市政纪念碑（二我轩照相馆摄）

桂林古城向现代城市华丽转向的里程碑。

这根爱奥尼克式的罗马柱立在阳桥旁的榕湖边上，与背景中的桂林传统建筑格格不入。常识告诉我，它的存在，必定是有理由的。我长久关注这张照片，试图解读出它背后的故事。我从这张照片的来源着手，查找了许多民国资料，没有找到关于这根柱子的线索。我曾就此照片在人文群里展开讨论，也没有得到明确的解答。我又将这张照片发给魏小曼女士，请她转给她的父亲——98 岁高龄的魏华龄老先生辨认，魏老是桂林文化城的亲历者，记忆力超好，又长期住在榕杉湖北岸这根柱子附近，我想他可能会知道一些情况。小曼姐是个热心人，除了请教魏老，还就此照片向也已 90 岁高龄的朱袭文老先生、《桂林日报》前总编辑苏理立先生等资深文化人求解，回传的信息均显示这根柱子很晚时还看到过，直到榕杉湖改造时才消失。关于它的来历、作用，却语焉不详。至此，追踪这张老照片的事似乎进入了死胡同。

才不过几十年，位于这座城市这么重要的地点、一座风格那么独特的立柱，我们居然不知道它的前世今生，这无论如何是说不过去的。我心有不甘，又跟建筑史博士、对桂林城建规划素有研究的林哲先生深入讨论，林博士说“这里曾经是桂林的市政广场”。这提醒了我：20 世纪 40 年代，桂林乡贤、文化世家易家的掌门人易熙吾先生，曾经执掌了桂林市文献委员会，搜集、保存了许多有关桂林的文献资料，我依稀记起曾经在其中看到过关于桂林市政建设的资料。循着这条路径，我终于找到了创建人吕竞存写的《桂林市政纪念碑记》，从而解开了这根罗马柱之谜：原来，这是桂林古城向现代城市华丽转身的里程碑——桂林市政纪念塔，在它的塔基四面，镶嵌着桂林市政纪念碑文，记叙了一段波澜壮阔的城市建设历史。

2000 年，榕杉湖改造前，阳桥头桂林日报社大楼湖滨旁的桂林市政纪念碑最后留影（全裕胜摄）

20 世纪 30 年代初，广西省会迁到南宁已近 20 年，桂林市面日渐凋敝，狭窄且低洼不平的马路晴天漫天灰，雨天一地泥，传统城市的街巷格局已经不能适应社会需求，山水甲天下的美名与破旧衰败的城市面貌形成强烈反差，坊间要求桂林进行市政建设的呼声不断。“九一八”事变之后，身为军人的新桂系干将、临桂会仙人吕竞存认为，广西省会南宁接近广州湾，容易遭受袭击，建议建设桂林，以为后备。广西当局当即委派吕竞存为桂林市政处处长，督办桂林市政，由此开启了桂林现代城市建设的新篇章。

自 1931 年始到 1936 年止，桂林开始了大规模的城市改造：拓宽马路，建设了桂东路、桂西路、桂南路、桂北路四条主干道（即现在的解放东路、解放西路、中山中路及部分中山南路、中山北路），中间行车两旁为人行道，路旁种植行道树；与桂西路交叉的正阳路向因人口密集而致堵塞，从而加以疏通，使之直通杉湖之滨；榕杉湖边原计划修筑环湖路，以通汽车，因经费有限，先修筑了环湖北路；榕杉二湖的水壅塞潴留，污浊不堪，既有碍观瞻又妨碍卫生，则予以疏浚，引西门外之水入榕湖，而在杉湖开出水口，将水导入漓江，形成活水，环湖周边栽种四时花木，阳桥上护以木栏杆；又因地制宜建设了依仁路、西华路、叠彩路等支路；续修了古南门至定桂门、定桂门至伏波山的道路，与先前修建的公路衔接，形成环城公路；还在文昌门外前陆军小学旧址修建了 140 余亩的苗圃，种植奇花异草，既为市政建设供给绿化用树，本身又形成一个植物公园；建菜厂、米厂五处，以利民生……这篇碑记，还详细地记录了此轮市政建设的经费使用及各种用工情况、参与其事的主要人员名单、建立纪念塔的缘由。碑记中还提到，桂林市内的风景名胜，已获拨巨款，由特别设立的修理桂林名胜委员会予以规划修缮，分任驻桂十九师师长周祖晃、桂林区民团指挥官陈恩元及吕竞存本人为会长。这轮城市建设与改造的总工程师是李德晋。

1936 年 6 月，为时四年的城市改造完成。为了纪念这次改造，特意在桂林市政处办公地点前，就是民国时的桂林市政府，今天的市直机关八桂大院前的湖滨，修建了一座市政小广场，建起一座罗马风格的柱状纪念塔以为纪念，由桂林吕竞存撰文作记，浏阳王文炳书写，刻碑勒石，以志久远。

60 余年后的世纪之交，桂林这座历经 1944—1945 年毁城之难，一直没有大规模建设，被形容为一个美丽的姑娘，穿着破烂衣裳的城市，迎来了有史以来最大规模的一次大建设大改造，遗憾的是，在这次改造中，这根饱经沧桑，中间多次被改变用途，已经面目全非的柱子被拆除了。

兴于城建，终于城建，这根罗马柱所维系的两段城建历史，和两次城建的太多相似之处，让人唏嘘。

假如当年我们就追踪这张老照片，查到这根柱子的来历，我们的榕杉湖景区改造，会不会围绕这根柱子，做一些延续城市历史记忆的文章呢？

可是，已没有可是！仍然是：此景可待成追忆，只是当时已惘然！

追寻一根柱子的命运

1988年，榕湖鸟瞰，圆圈里为文中所说纪念塔

城市历史，历经沧桑；
追寻记忆，拨动心扉。

追寻一根柱子的命运，就是去发掘一段城市的历史。

上一篇文章说到阳桥头一根罗马柱——桂林市政纪念塔，引起了读者的关注，比较集中的一个问题是：两张照片里的柱子，一根圆，一根方，分明不是一根柱子，看基座似乎也不相同。那么，这究竟是一根柱子还是两根柱子呢?

为了解答这个问题，我又开始查找历史图文资料，并采访了经历新旧两个时代、目睹过这根柱子前后变化的老人，开始追踪这根柱子的命运。年逾八旬的沈德谦先生，是桂林城建系统的前辈和权威。沈老告诉我，两幅照片上的是同一根柱子。民国时期的柱子是圆的，顶部四面都有青天白日徽记，他小时候常在铁链子上荡秋千。后来，柱子改成方的了。另一些老人虽然记忆很好，但没有留心过这根柱子。

中年网友桂林一剑说，在他的记忆中，在柱子的底座，曾经写着 1954 年抗洪纪念塔的字样。我为此上网搜索了一下，1954 年长江流域发生了特大洪水，造成重大经济损失。今天的汉口滨江公园里，还有一座防汛纪念塔，碑心石上刻有毛泽东亲笔题词：“庆祝武汉人民战胜了一九五四年的洪水，还要准备战胜今后可能发生的同样严重的洪水。”而桂林最大的洪水，据桂林学者邓祝仁先生回忆，则发生于 1952 年。当年 6 月 8 日的《桂林工人报》有文章记载 :“6 日河水大涨……水位海拔高度达 152.79 公尺[1]。”

桂林一剑记忆中关注纪念塔的时间，是 20 世纪 80 年代，这大约就是这座纪念塔最后发挥作用的时间。

而关于这座纪念塔，到底有没有其他文字记载呢？翻阅了各种我能找到的资料，均没有发现。徐树霖是桂林市最早的市政工程师之一，桂林许多风景建筑，包括环湖路的许多公益设施，如水泥栏杆和栏杆上的铁狮子，都是他设计的。从他孙子，现任桂林市市政公用事业管理局副调研员徐强的手上，我拿到了一份徐树霖的自传，在这份资料里，没有找到关于这座纪念塔的信息。

朋友魏小曼、林哲、王晶给我提供了几张照片，大约都是 20 世纪 50 年代的，在这些照片上，这座碑还保持着罗马柱的形态。而在我找到的 1988 年桂林市政档案照片中，从空中俯瞰这根柱子，能看出它已经是方的了，这根柱子是怎么变方的呢？没有找到确切资料，不敢妄加判断，但可以做一个个人推测 : 桂林一解放，先是碑顶四面的青天白日徽记被抹掉了，在顶上挂了一颗象征新政权的红五星，其后又改成了苏式风格的方柱，也许就是在这个时候，变身为抗洪纪念塔了。

关于它被拆的具体情况，我遍询在城建部门任职的朋友们，也都语焉不详，但可以确定的是，拆除时间应该是在“两江四湖”环

[1] 编者注 : 1 公尺等于 1 米。

城水系建设工程期间。对于那次城市建设改造，官方曾经做了很详细的记录，但从相关资料中也没有找到线索。

而更让我心有戚戚的是，在拆除纪念塔的那次城市改造中，本人正被抽调于“两江四湖”榕杉湖景区建设指挥部，专职历史沿革室，负责查找榕杉湖周边的历史资料。我们甚至由干涸的湖底泥沙，追踪泥盆纪时期榕杉湖的状况。据先期到指挥部工作的同事们说，在榕杉湖景区建设指挥部从“两江四湖”景区建设指挥部分出以前，这根柱子就已经被拆掉了。

这根柱子虽然历经沧桑，面目全非，但我们肯定是见过的，而我们却熟视无睹。城市是有着灵魂和记忆的生命体。这曾经矗立在榕湖边、成为桂林城市地标之一的柱子，它所经历的历史最终没能完全弄清楚，但对它的追索，唤醒了桂林人一段沉睡了的记忆，拨动了桂林人心中那根最温柔的琴弦。

送别六合圩

民国时期桂林六合圩旧影

摸骨的、看相的、扶乩的、问花的……

这注定是个送别传统的时代，我们过往生活中许多别样的风景正渐行渐远。

2016 年，我们送别了漓江里的水上人家；2017 年新年伊始，我们又送别了桂林市区最后一个传统市场——六合圩。

六合圩中传统元素的消失，对于这个城市和城市里的大多数人来说，并无大碍。只有那些跑过这个圩场和那些在这个圩场里经理营生、消磨时光的人才知道，我们正在与之告别的，是老桂林的一种传统生活方式：那个由一面镜子、一把椅子、一套刀剪、一个老师傅组成的理发摊子；那些身着民族服装，蹲在路边摆卖草药的平头瑶或者尖头瑶妇女；那些由中老年票友组成的桂戏草台班子和他们演唱的传统桂戏；那些吹拉弹唱自得其乐，在此消磨时光的老年音乐爱好者；那些旧书旧货摊子和生铁铺子；那些刮痧的、挑风的、拔罐的民间医生；当然，还有那些摸骨的、看相的、扶乩的、问花的……纵然是不见容于现代文明社会的古老行业，在这个圩场里也有一席之地。总之，这是一个光怪陆离的地方，是一个映射昔日桂林生活的万花筒。

2016 年，颇受公众欢迎的微信公众号“那一座城”的 24 城采访团队来到桂林，专访了六合圩。那些年轻的摄影师和写手，无不被这个活色生香的市场所吸引，制作出来的视频点击率也非常高，许多年轻人都大呼白在桂林生活了。没去过六合圩，就不算认识了草根的桂林。

在我们的传统文化语境中，圩场是四乡八里农人们物资流通与交换的所在，也是乡村人们的生活和社交方式。据清代修编的《临桂县志》记载，桂林的圩场按方位分东乡圩、西乡圩、南乡圩、北乡圩四个板块，北乡的圩场最少，而西乡的圩场最多，按离城的远近排序依次为五里圩、庙头圩、通城圩、沙子圩、秧塘圩、凤凰圩、太平圩、横山圩、四塘圩、油麻圩等 20 个圩场；在东乡圩中，最近的是离城 20 里的铁沙圩，其次是离城 25 里的龙门圩；再次是离城 30 里的大圩，此外还有草坪圩、海洋圩、熊村圩。许多圩场，是有专业分工的，比如米市、牛马市。在这份圩场名录里，我们尚看不见六合圩的名字。事实上，六合圩是民国年间才设立的。清朝末年，在今六合路一带，曾建有民团六合团。1937 年，在现在的七星幼儿园一带，设有远近闻名的猪市六合圩。从猪市起步，慢慢地发展为卖猪、牛、马等大型牲口的市场。随着 20 世纪 80 年代开始的城市改造，散布在市内的旧货市场、草药市场、旧书市场场地被清理，这些摊点逐步转场，慢慢向六合圩聚集，才逐渐形成今天的六合市场。所谓六合，是指天地四方。李白的《古风》诗里，有“秦皇扫六合，虎视何雄哉”之句；宋代朱晞颜在《访叠彩岩登越亭》里，也有“百越熏风里，三湘夕照中。行藏仗忠信，六合本同风”的诗句。这么一个不大的市场，却汇聚了老桂林形形色色的民俗文化元素，也算配得上“六合”之名了。

六合市场位于七星岩后的一个狭长地带，部分摊位还占据了桂林的交通要道。随着城市交通的发展，这里的拥堵日益严重。这两天[1]，六合圩的拆改工作正在进行中。

离去总有离去的不得已，送别也总有送别的不舍得。

为此，我从诸多桂林老照片中，挑出了这张六合圩的旧影，回溯一下它的前身，来与它做个小小的告别。

[1] 笔者注：指该文刊登的2017年1月22日前后。

何爱德在桂林的美好回忆

何爱德青年时期照片

2011年，照片中这位风华正茂的年轻英国姑娘已经95岁，她在小儿子John的陪同下，搭乘东方快车，横穿整个欧亚大陆和西伯利亚，历时近一个星期，行程近三万里，来到中国桂林。是什么样的动因，使得这位老人在如此高龄，还做出这样的壮举？她跟桂林，又有何不解之缘呢？

这位女士中文名字叫何爱德（Greta Thompson Hague），1917年9月25日出生在中国昆明。她的父亲名叫Hubert Gordon Thompson（中文名谭信），是英国利物浦大学的医学博士，英国皇家外科医学院院士，1905年到中国北海普仁医院工作，后又主持创办了位于昆明的惠滇医院。长时间在西南边陲极端艰苦的条件下行医，其间，还在中国第一家麻风病院当医生，为备受歧视的麻风病人医治。他还在英国伦敦建立了一项救济中国贫困与疾病的慈善基金——皇家公爵专项基金（Lord Mayor's Fund）。因其卓越的贡献，1940年，当时的国民政府对他进行了表彰、颁发了奖章。

因为这样的渊源，1947年，已在英国获得医生资格，并能在复杂的条件下行医的谭爱德医生（那时她尚随父姓），要求到英国圣公

何爱德生前最后留影

会差会（The Church Missionary Society，简称 CMS）当一名志愿者，被派往桂林，接替道生医院（现在的桂林妇女儿童医院）的创始人柏德贞（Dr. Charlotte Bacon）担任院长，管理这家医院。

1947 年，年轻的爱德医生满怀热忱，踏上了赴桂林之路。与桂林相邻的湖南零陵，是她到桂林前的最后一站。这年的年末，天气特别寒冷，年轻的教士何爱理正在一间房子里演讲，这时，房门被推开了，有着一头栗色头发和蓝色眼睛的谭爱德与同伴走了进来，让在异国他乡的何爱理惊为天人，并对她一见钟情，在随后的日子里展开了追求。谭爱德一开始并没有答应他的求婚，她拒绝他的理由是：她是来中国服务的，而不是来恋爱的。但答应做何爱理的朋友，保持通信联系。经过艰难的旅程，爱德医生到达桂林道生医院，不久，又按照差会的安排，到四川成都去学习中国语言。1948 年，通过了语言考试的爱德医生回到了桂林，与护士长、澳大利亚人金指真一道，在战后的桂林为妇女儿童开展医疗服务。值得一提的是，她们开创了新法接生，那些年里，桂林的许多新生儿都是在这家医院出生的。

话分两头说，何爱理牧师在战后，兼任了联合国善后救济总署的官员，往来于零陵、桂林两地之间。经过长时间的通信，两个年轻人早已心意相通，彼此了解。这时的何爱理做出了一个大胆的决定：请假到桂林向谭爱德院长求婚。这次的求婚获得了成功，两人在香港举行了隆重的婚礼。婚后，教会方面安排何爱理到桂林工作，他们的家也就安在了桂林。按英国习惯，谭爱德医生随夫姓，中文名字改称何爱德。

桂林是何爱德职业生涯中最重要的一站，是她度过一生最美好岁月的城市，也是她收获爱情的福地。1949 年底，在英国领事馆和教会的一再要求下，何爱德很不情愿地离开了桂林。在此后的岁月里，他们夫妇对桂林始终魂牵梦绕。改革开放后，他们多次到桂林探访，到当年的道生医院寻找回忆。

2011 年，是桂林妇女儿童医院创建百年纪念年，已经 95 岁高龄、孀居多年的何爱德老人，决心完成她人生的最后心愿：重走她父亲当年进入中国的道路，到桂林参加桂林妇女儿童医院的百年庆典。在儿孙辈的协助下，老人顺利地完成了行程，出现在庆典上，成为庆典上一道动人的风景。

何爱德老人 2012 年 12 月 29 日因中风抢救无效去世。这是她生前的最后一张照片，拍摄于 12 月 24 日平安夜。

一张大咖云集的郊游照片

1936年3月18日，广西师专教师到桂林东郊尧山郊游途中留影

千家驹、陈望道、邓初民、熊得山、李勉学……

1936 年 3 月的一天，春寒料峭，乍暖还寒，一干广西师专（后并入广西大学）的教职员相约到桂林游玩。那时的师专位于桂林南郊的雁山，离桂林有一些距离，在交通不便的 20 世纪 30 年代，大家得提前一天乘车进城，入住旅店，第二天再从容地游览市内的风景名胜。风洞山、叠彩山、独秀峰这些名山，他们都是这样游览的。三月已是春季，而桂林唯一的土山，位于东郊的尧山是春游的胜地，那时节，新叶初展，野花吐蕊，甚是赏心悦目。所以，大家决定到尧山去踏青，17 日就来到了桂林，入住阳桥边的西南饭店。由于各种原因，一行人出发时时间已经不早了，走到半道上，就遇到了从尧山返程的游人。只听得他们说，你们现在才去，太晚了，恐怕是没走到尧山天就黑了。大家听这么一说，就在半道上留了个影，便回程了。这就是当年的那张照片：前排戴眼镜拿礼帽的，就是后来大名鼎鼎的经济学家千家驹；后排右边第三人是中国著名的思想家、社会活动家、教育家、语言学家、《共产党宣言》的翻译者陈望道；后排左起第四人，是著名社会科学家、新中国成立以后山西大学第一任校长邓初民；后排左三（穿白长衫者）是广西大学教授、中国最早的马列主义传播者之一熊得山；后排右一就是这张照片的提供者李勉学，人称宾太，当时在师专当插班生，修日语；她右手边的那位先生是日语教授廖苾光。前排右一穿白衣的人叫宾书德，是李勉学当时的恋人、后来的丈夫，时任师专的文书股长。

这张照片所呈现的信息和照片中的人物，固然重要，而关于这张照片的来历和引出的故事，也值得说道说道：

12 年前，我供职于档案部门，职司档案征集编研，针对当时兴起的民间记忆工程和老照片热，我提出了一个以编研带征集、以征集促编研的工作思路，策划编写《大桂林旧影》（正式出版时更名为《百年光影——桂林城市记忆》），并和科里的同事一道，开始了老照片的收集工作。彼时，博客初兴，大家的写作热情高涨，并以文会友，结交了许多天南地北的朋友，朋友间的许多信息也得以通过博客交流和传达。

桂林一剑是交往多年的朋友，也以博友相称。通过桂林一剑的博客，我知道他挖掘出一位埋骨桂林、被人们淡忘了的我党早期理论家、学者熊得山的历史，并与熊家后人有交往。桂林一剑还向我们推荐了熊三公子、时年已八十有余的熊永深老先生的博客“桂林往事”。事情是这样的：熊得山的曾外孙女（熊的大儿子的外孙女）两口子是桂林一剑的朋友。桂林一剑在写作《推开桂林的门扉》第一版时没有写到熊，朋友友好地提了意见。为了查找熊得山在桂林的资料，熊的曾外孙女带桂林一剑去敬老院拜访了时年已九十高龄、尚耳聪目明的宾太——李勉学女士。李女士为桂林一剑提供了这张照片，并且介绍了照片中的人物。根据李女士的介绍，桂林一剑写了《中国早期的社会主义者熊得山》，之后又收集相关材料，包括胡鄂公的回忆录，在《推开桂林的门扉》出第二版时加入了相关内容。

在得知我的征编计划后，桂林一剑慷慨地将这张照片提供给我，收录进《百年光影——桂林城市记忆》中。

因为桂林一剑的努力，熊得山的事迹得以在桂林广泛传播。我也因为他的推荐，得以阅读“桂林往事”的博客；又因为博客上的互动，而与往事先生成为忘年交。

尽管篇幅有限，我还是想说一说博友“桂林往事”的故事：

由于青少年时代在桂林度过一段美好时光，20 世纪 50 年代，生活在上海的往事先生要求到桂林支边，被分到封开县一所中学当外语老师（后封开县划归广东省）。在“反右”运动中，西装革履、说一口流利英语的他被划为右派，劳动改造 20 余年，很晚才平反摘帽。他十分怀念桂林，博客以“桂林往事”命名，并以写回忆桂林往事的文章为主。现在，已 92 岁高龄的“桂林往事”先生生活在肇庆，照顾着已卧病不起十余年的老妻。前年，他曾找了一家养老院，打算与妻到桂林养老，但适应不了养老院的生活，不久又搬回了肇庆。

漓江上的龙船

20世纪三四十年代的漓江上正在进行龙舟赛，远处可见穿山和塔山

桂林竞渡，舟长十余丈，左右衣白数人……

几年前在乡下行走，来到唐代大诗人李商隐“神护青枫岸，龙移白石湫”诗里提到的白石潭村，看见一座古庙前贴着一张拜帖：

> 拜奉白石潭老黄龙殿下：
>
> 我村定于五月五日青龙出游，届时多请赐教。
>
> 东窑村众姓弟子拜侯（候）

同行者都觉得有趣，围观了好久。有道是，外行看热闹，内行看门道。桂林的龙舟爱好者和民俗研究者们知道，这是桂林龙舟文化的一部分。千年前的诗和当下的民间文本，说明了一个问题：桂林龙舟文化源远流长、积淀深厚，有着广泛的群众基础。

划龙舟是一项娱人、娱神、竞赛三者兼有的重要民间活动，桂林自古就有十年一大扒、五年一小扒的赛龙舟习俗。唐代此俗已盛，诗人宋之问描述道：“始安繁华旧风俗，帐饮倾城沸江曲。”唐以后，竞渡之俗长盛不衰，明代学者邝露写道：“桂林竞渡，舟长十余丈，左右衣白数人，右麾白旗，左麾长袖，为郎当舞，中扮古今名将，各执利兵，傍置弓弩，遇仇敌，不返兵，胜则枭首而悬之，铙歌台舞。”

关于各地龙舟起源，众说纷纭，各不相同。荆楚之地悼念屈原，吴越之地纪念曹娥和伍子胥。而我们桂林端午划龙舟的传说中，流传最广的是为了纪念和祭祀被斩的金角老龙（泾河龙王）。百越人多与水打交道，信奉河神。人们把船造成龙的形状，让龙船行驶在江河上以祭祀河神，以此希望得到神的庇护。

桂林民间端午龙船巡游，崇拜和祭祀龙王是桂林当地民间信仰的重要组成部分，桂林漓江及其支流桃花江、南溪河、灵剑溪等历

图 61-1　白石潭村古庙上的拜帖

史上皆有龙舟。桂林龙船龙头雕刻栩栩如生，神圣威严，需选用百年以上樟木雕刻而成。龙船龙头又有开口龙和卷鼻龙两种风格和造型之分。开口龙由龙头和龙颈两部分组成，龙头立于龙颈之上，龙鳞雕刻于龙颈表面。龙头昂首挺立，龙口张开，势吞万物，上下唇各长尺余，口内上下腭均有龙牙数十颗，舌上含宝珠一枚。龙鼻位于龙口之上，龙下颚有龙须，长尺许。龙头头顶有一金角小宝塔，额后部两侧有一对金色龙角。龙角上系以红绫，龙颜赫赫，威风凛凛，气势庄严。卷鼻龙整只龙头卧于龙船船头，无龙颈，鼻子卷曲形似如意突出向天。鼻后为龙眼，位于左右两侧，龙目圆睁，活灵活现。眼后为两耳，长约一尺，若两把大扇，形似腾飞。头顶亦有金角宝塔和龙角一对，气势逼人，栩栩如生。

桂林龙舟传统祭祀习俗的程序也非常繁复，与其他地方迥异。一套完整的龙船祭祀仪式程序需从大年三十开鼓恭请龙王下殿开始，随后还要经过标旗、送旗、游龙、互访龙亲（进香、宴客、答礼）、伐木造船、龙王坐殿、采青、起水、龙王圣驾巡游、扒龙船互访龙亲码头行香、收兵、请龙王上殿等复杂程序和内容。整个仪式需从大年三十到九月初九扒龙船活动完成方才结束，耗时九到十个月之久。

桂林历史上每逢戊年有大划龙舟的传统习俗。民国三十七年（公元 1948 年），是农历的戊子年。这年是抗战胜利后的首次龙舟大聚会，又恰逢桂林人李宗仁当选“副总统”，为表示庆贺，桂林各地龙船纷纷在漓江上聚会巡游，端午节当天共有 58 支队伍参加了龙舟竞渡比赛。桂林城万人空巷，漓江两岸观者如潮。

图为民国时期漓江上的扒龙船场景。

漓江西岸局部之水东门码头一带

往昔风云

纪念封上的桂林光复日

20世纪40年代美国发行的纪念封，左下角印有：『中国军队重新夺回桂林前美国空军基地。』

桂林城浴火重生，桂林军民取得胜利的见证。

这是一张 20 世纪 40 年代美国发行的纪念封，上贴二战期间为纪念美军攻克硫磺岛而发行的纪念邮票。请大家注意邮戳上的时间和地点：1945 年 7 月 28 日下午 5 点 30 分，华盛顿特区。

熟悉桂林历史的人都知道，这是桂林城浴火重生、从日军铁蹄下收复的日子。桂林跟华盛顿分属两个国家，彼此相隔万里，这个日子、这个时刻跟美国、跟华盛顿有什么关联呢？仔细阅读纪念封左下角的英文才知道其中的奥秘：“中国军队重新夺回桂林前美国空军基地。”

每一张照片，都是通往一个特定历史瞬间的窗口，承载着丰富的历史信息。让我们来解读一下中国军队“重新夺回桂林前美国空军基地”这一历史事件：

20 世纪 40 年代，桂林是广西的省会，也是美军对日作战的主要前沿基地之一。1942 年 6 月，美国第十四航空队（即飞虎队）正式进驻秧塘机场。依托昆明、重庆两个后方机场，及驼峰航线的物质补给，飞虎队战机从桂林、柳州、衡阳等地出发，打击日寇空军，支援中国军队的地面战场作战，向沿海一线的日军基地发动空袭，牵制在中国战场上的日军，为美军在太平洋战区的节节胜利助力良多。因此，桂林美国空军基地在美国有很高的知名度。

1944年4月，侵华日军为打通大陆交通线和摧毁美军在中国的空军基地，发起了豫湘桂战役。8月攻克衡阳之后，随即发起桂柳会战，进犯桂林。9月，美国第十四航空队决定撤离桂林，向后方疏散。9月28日，美军在秧塘机场的跑道埋下重型炸弹，引爆跑道，并烧毁了机场的主要建筑。11月10日，桂林落于敌手。

1945年7月，桂林沦陷近8个月之后，中国军队发起了收复桂林的战斗。由汤恩伯指挥的中国国民革命军第二十军和第九十四军各一部，从7月初开始以钳形攻势，分别由西北及西南地区向桂林推进，先后切断日军南至梧州的水陆交通，北入衡阳的铁道，逐次击破日军外围据点，完成包围……经过21天的血战，中国军队于7月28日收复桂林。据初步统计，击毙日军官兵达2600余人，俘敌23人，我方伤亡官兵1300余人。据战后桂林文献委员会撰写的《桂林光复特记》记载："28日，我军扫荡桂林残存之敌，至本日晨，桂林西南两面郊区及飞机场均已肃清……"

十四年抗战，中国许多城市沦陷，大多是在1945年8月15日日本天皇发布投降诏书后方才光复的。而桂林是唯一一座在日本宣布投降之前，由中国军队主动出击、收复的省会城市。桂林光复战值得历史铭记。

我们眼前这枚首日封，不仅告诉了我们美国在桂林的空军基地被收复的时间，更是桂林军民历经十四年艰苦卓绝的抗战、取得胜利的见证。

威尔克斯与桂林城

美国《生活》杂志战地摄影记者杰克·威尔克斯与桂林城

威尔克斯发表了数百张反映中国军民抗战的图片。

1945 年 7 月 28 日，中国军队从日寇手中夺回了桂林。光复后的桂林其状如何？国际传媒用两种方式进行了报道：一种是文字，另一种是新闻图片。

桂林光复后，驻桂美新闻处发表言论称：中国无任何一城较此次桂林所遭劫祸更甚者，桂林一度为广西华丽之城市，拥有 50 万人口，兹已遭受严重之破坏，一如罗马之破坏迦太基者然。全城中仅有巍然独存建筑物，均为曾经日军占作司令部，而于其撤退中未能加以破坏者，其他各建筑物及民房，均成断墙残壁。……今日之桂林实已成为一死城，日军残暴之程度，甚于南京，可与考文特里（即考文垂）、鹿特丹相比。

文字描述自有其感染力，而胜过千言万语的却是直观的图片。随着互联网技术的普及，大量的老照片在网络上涌现，其中，许多照片的右下角，都印着“LIFE”字样，这是美国《生活》杂志的标记。在这些标记着“LIFE”字样的老照片中，我们能看见许多桂林城被战火损毁的图像，记录着这座城市曾经经历过的劫难。

来自《生活》杂志的老照片，许多都很有感染力，这与《生活》

杂志的定位有关。美国传媒大亨亨利·卢斯1936年创立的《生活》杂志，是美国杂志史上最具影响力、最流行的一份杂志，其定位为新闻摄影纪实杂志，创刊宗旨是“看见生活，看见世界”。抗战期间，《生活》杂志曾派出了大批摄影师在中国进行拍摄。而宋美龄也曾在1941年登上《生活》杂志的封面。卢斯一度利用他的《生活》杂志为舆论阵地，大力宣传中国抗战，同时也报道了中国的教育、社会、艺术等各方面的内容。正是这一举措，才使我们能够看见大量珍贵的老照片，对于那段历史，我们才有了更直观感性的认识。

西方谚语说：如果你认为鸡蛋好吃，那就吃鸡蛋好了，不必认识下蛋的那只母鸡。来自《生活》的许多图片，见物见景见拍摄对象而不见作者本人。对于许多人来说，看见图片中的内容，这就够了，不必去追问拍摄者是谁。而更多的人，却还想看看那只“下蛋的母鸡”。

幸运的是，有这样一只“下蛋的母鸡”，站到了画面的中间，极大地满足了我们的好奇心。且看这张照片：身穿军装的美国大兵手拿相机站在桂林独秀峰顶，山下是一片废墟，这就是在第二次世界大战期间，为美国《生活》杂志担任战地摄影记者的杰克·威尔克斯（Jack Wilkes）。他于1945年来到中国，足迹遍及重庆、桂林、汉口、汉阳、北京等地。在两年时间里，威尔克斯发表了数百张反映中国军民抗战的珍贵图片。在国共重庆谈判期间，威尔克斯拍摄和发表的十几张毛泽东个人及毛泽东和蒋介石会面的照片，是目前所能看到的美国记者拍摄记录这一历史事件最多的照片。最新曝光的威尔克斯所拍摄的毛泽东重庆谈判的珍贵照片，则是1945年9月毛泽东与蒋介石、美国特使赫尔利在一起的合影。

被日本侵略者轰炸后的桂林城

我们还找到了一份1945年8月27号出版的《生活》杂志，那上面刊登了杰克·威尔克斯的照片和事迹。而这张照片，正是他在桂林独秀峰上的照片。

102 岁的传奇飞行员

右：102岁的传奇飞行员——陈文宽（前排右二）

左：1942年，桂林民航年轻的航班机长

画面上这位年轻的机长穿着干净整洁的制服，脸上洒满阳光自信的微笑，身后是他的座机和依稀可辨的汽油桶。对民国老照片有兴趣的朋友，大都见过这张经典的人物肖像式的照片，但不一定知道，彼时彼刻，机长刚刚完成了一次重要的飞行，正脚踏着桂林的大地。在他的乘客中，有一位著名作家、新闻记者，美国人哈里森·福尔曼，这位记者拍摄报道了大量中国的抗日战争，此次到访，也为桂林留下了一批珍贵的历史影像。正是福尔曼，拍摄了这幅被无数次引用和传播的照片。[左图]

2014 年 10 月 24 日晚，中国驻旧金山总领事馆举行“向美国飞虎队老兵致敬”的招待会，来自桂林飞虎队遗址公园所在地的广西桂林临桂县（今桂林市临桂区）人民政府副县长诸葛亚等一行专程赶去参加了盛会。八位二战时期曾参与援华抗日的飞虎队老兵受到嘉奖和致敬，其中最年长的是当年飞越驼峰航线转运战略物资、后又创办了台湾复兴航空公司、102 岁的华裔传奇飞行员陈文宽。是的，就是他，当年那位笑容满面的年轻机长，70 多年后，满是岁月刻痕的脸上又绽开了同样的微笑。[右图]

陈文宽，英文名字 Moon Fun Chin，1913 年生于广东台山，1924 年随父亲到美国，1929 年进入寇蒂斯 – 莱特飞行学校学习，1933 年拿到美国商业飞行执照，同年进入中国航空公司（英文简称 CNAC，中文简称“中航”），成为第三名华人机长，先后担任国民政府专职飞机驾驶员及蒋介石专机驾驶员。抗战军兴，“中航”参与了一系列军用物资及军事人员的转运工作，陈文宽多次以民航人员身份执行军事任务，书写了一系列航空史上的传奇：他是驼峰航线的开辟者之一，驾驶飞机在喜马拉雅山脉来回穿梭了 300 多次，抢运军事物质和人员；在日寇兵临城下的枪炮声中搭载着刚刚轰炸了日本东京的盟军空军英雄詹姆斯·杜立特中校飞离缅甸密支那机场，创造了一项至今无人打破的世界纪录：驾驶着定员 28 人的 C–47（也就是 DC–3）一次运载 78 人。

桂林是陈文宽抗战期间经常飞抵的目的地之一。有两件事值得一提：一是，1941 年在执行昆明—香港的飞行任务时，他的飞机遇险迫降桂林，陈文宽摔断了三根肋骨，右眼受伤，同行的机务人员难以走出事故阴影，终生不再飞行，而陈文宽身体恢复后继续驾机飞行；二是，他用一双慧眼还了他的同事谭玖一个清白：1941 年 2 月 12 日，宋美龄由香港回重庆，向“中航”租了两架飞机。宋美龄乘坐的由美国人罗亚尔·伦纳德驾驶的飞机中途遭遇猛烈的暴风雨，尽管最终安然无恙，而另一架给宋美龄装运行李并载有 1000 万元钞票的飞机，却失踪了。驾驶这架飞机的，是中国机长谭玖。对于该机的失踪，最初的传闻是：飞机其实并没有坠毁，只不过机组人员觊觎宋美龄行李中的珠宝及机上钱财而制造了假象。后来，当桂林东边一个小镇上的老百姓开始大把大把地使用新钞时，事情的真相才渐渐浮出水面。当局问他们这些钞票是怎么回事，他们笑嘻嘻地回答："是从天上飘下来的。"又过了些日子，中航机长陈文宽在桂林机场落地后，无意中发现机场左边的山顶上有一片金属反光，他感到奇怪。等他驾机升空后，专门到那片金属反光的地方查看，这才发现原来是谭玖飞机坠毁的残骸。

关于陈文宽的传奇故事很多，而且现在还在延续：

1995 年，美国空军为表彰陈文宽在驼峰空运中所做的杰出贡献，授予他飞行十字勋章（飞行员最高荣誉）及航空奖章，并给予光荣退休殊荣；百岁高龄的陈文宽，自己驾车，自己组装电脑，在电脑中模拟飞行；每年都要乘飞机出国旅行，都要回国到故地寻访，纪念抗战胜利、祭奠死去的同事。

我们有许多理由，向陈文宽致敬！向他创造的一个又一个飞行奇迹、生命奇迹致敬！

月牙山合影

虚云大师的桂林情缘

1942年11月，桂林各界欢迎虚云老和尚（第一排左二）、于月牙山上合影

广西佛教史最辉煌的一页。

桂林是一座有佛缘的城市，隋唐时期佛教兴盛，寺庙梵宫有十余所之多。以开元寺和西庆林寺为代表的这些寺宇，香火缭绕，僧侣伴行，前往寺庙求神拜佛的信众也络绎不绝。更有佛教界人士积极筹资，在桂林的西山、伏波山、叠彩山、骝马山等处凿石造像。

唐代，一代名僧鉴真和尚及其弟子第五次东渡日本失败后，从海南岛辗转流落到达桂林，始安郡都督上党公冯古璞，步行出城迎接，跪地膜拜，把他接到开元寺。鉴真法师在桂林一年，传律授戒、讲经弘法，将桂林佛教文化推向鼎盛。

明、清至民国，广西佛教明显不振，僧伽人数仅两三百人。至20世纪30年代末道安法师入桂，广西佛教面貌始有所改变。抗战爆发后，因战火驱迫，一些高僧避至广西，在这里办刊弘法，由此广西佛教界的声音才得以震冠全国，乃至成为当时佛学的一面旗帜。20世纪40年代，虚云、太虚大师均来广西传法，一时广西佛教风气盛况空前。桂林作为“抗战文化城”，佛教实为其中一笔重彩……大致可以这么说：自唐宋以后，广西佛教史最辉煌的一页是在这个时期。

这是一张非常珍贵的照片，它记录了虚云大师来桂弘法的盛况。

虚云是20世纪中国佛教界的四位大师之一。他住世119年，一生充满传奇，坐拥十五道场，中兴六大祖庭，兼承五宗禅门，被誉为“中国近代禅宗泰斗”。他此次来桂林，其中还有一段缘由。

虚云与李济深先生法缘深厚。1929年，虚云老和尚应福建省主席杨树庄之请，任鼓山涌泉寺住持。1933年11月，李济深与蒋光鼐、蔡廷锴等人，在福建宣布反蒋抗日、建立福建人民革命政府时，就拜虚云为师，交往密切。此后20多年的岁月里，两人患难与共、肝胆相照，虚云曾赞李济深为在家真佛子。1939—1940年，应李济深先生邀请，虚云大师先后多次赴广州讲授佛经。

1942年11月，已103岁高龄的广东韶关南华寺长老虚云老和尚，应国民政府主席林森之请，赴重庆主持护国息灾大法会。于11月6日启程，转道衡岳进香。军委会桂林行营办公厅主任李济深派许国柱居士来接。于是月15日在国府代表、赈济委员张子廉及李济深之迎接代表等陪同下，从南岳到达桂林。当日，到车站迎接的有：国民政府军委会桂林行营办公厅主任李济深夫妇、高级参谋杨劲支、广西绥靖公署参谋长徐启明、广西省府顾问周炳南、市长苏新民、警察局长马启邦以及释道安和佛教男女信士百余人。后由李济深备车从北站亲自陪同至月牙山休息。等在月牙山下欢迎的佛教男女信士有数百人。16日，在广西剧场（今邮电大楼所在地）举行欢迎会，请虚云讲解佛法。17日，在月牙山行皈依礼。当日皈依的有：李济深、黄琨山夫妇、申甫天、张心仁夫妇以及影星胡蝶等千余人。

1959年，病重中的虚云老和尚得到李济深先生逝世的噩耗，两眼含泪，哽咽地呼唤：“任潮（李济深字），你怎么先走！我也要随你走了。”一周之后，虚云老和尚圆寂。

道安法师与虚云和尚

道安法师在桂林

虚云老和尚与道安法师（左）合影

站立第一条战线上，
一现我佛威德。

照片上两位僧人并肩而立，法相庄严，都好生了得：面容清癯、银须飘飘者为 103 岁的虚云老和尚，时应国民政府主席林森之邀，赴重庆主持护国息灾大法会，中途被军委会桂林行营办公厅主任李济深接到桂林小住，弘法讲经；面容俊朗、神情坚毅的年轻僧人为 35 岁的中国佛教会广西省分会理事长道安法师，其作为广西佛教界领袖和负责人出面接待虚云。这张照片的拍摄时间为 1942 年 11 月，地点是桂林月牙山丛桂楼。

中国的传统，讲究德高望重。以道安的年龄，在大师辈出的民国佛教界，算是中青年一辈，按理是难当大任的。但事情总有例外，当时的道安虽年轻却是年少而德劭，其事功、学识、修为、经历可圈可点，单看照片中道安与虚云大师并立的仪态身姿，就知其非凡僧俗流。花开满树，单表一枝，这里只说说道安法师驻锡桂林期间的几件事情。

道安法师是湖南祁东人，民国十五年（公元 1926 年）出家于湖南衡阳县佛国寺（紫云庵），参禅于岐山仁瑞寺，毕业于南岳佛学讲习所并留校任教。

1939年，道安法师应桂林僧俗礼请，从南岳祝圣寺来到桂林主持法会，追荐抗战以来死难同胞，祈祷世界和平。法会圆满完成后，道安法师应请留在桂林主持中国佛教会广西省分会的工作。在道安的主持下，广西佛教事业蒸蒸日上，会员由原来的300多人发展到1400余人，会务日渐发达，唯缺少会址，对于法事殊多阻碍。

其时，身居要职的广西靖西专员黄琨山夫妇拜道安法师为师，皈依三宝后，发大愿心于1938年8月在原残破不堪的地藏庵附近购地十数亩，交道安法师主持，募款建大雄宝殿，作为广西省佛教会永久办公地址。至1944年11月桂林沦陷、人员大疏散前夕，经道安法师5年多的艰苦努力，已建成大雄宝殿、观音殿、弥勒殿、方

道安法师

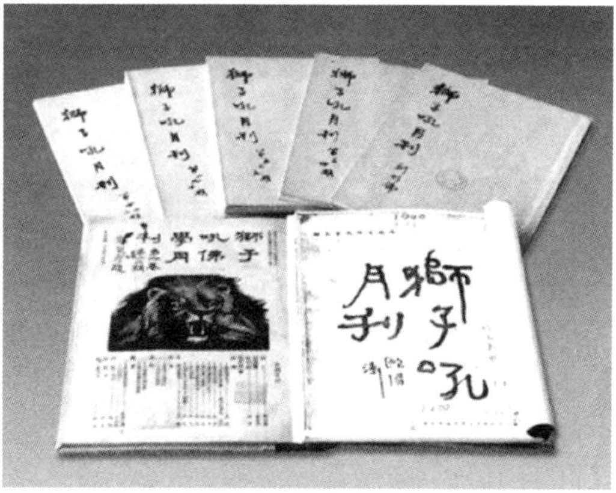

《狮子吼月刊》刊影

丈室、山门等建筑，成为桂林市一个新的弘法道场。桂林沦陷期间，全城98%以上的房屋被毁，而广西省佛教会幸免于难，此地几经变迁，维修及扩改建，至今仍是桂林佛教协会的驻地，名能仁禅寺。

在主持广西佛教教务期间，道安法师不忘初心，始终践行广西佛教会在《成立宣言》中宣达的宗旨：

> 今者全国抗战正在开始，吾人正宜趁此国家存亡危急之秋，本“我不入地狱谁入地狱”之宏愿，领导全省佛教徒，站立第一条战线上，一现我佛威德。

1940年12月，在道安法师的主持下，广西佛教会发起，创办《狮子吼月刊》社，发行月刊，宣扬人间佛教运动，促进佛教改革，宣传抗日，报道各地佛教界救亡动态，推动佛教界的“抗日救亡”运动。《狮子吼月刊》创刊号刊登了道安法师写给第一任编辑暮笳法师的一封信，信中说：

> ……可是时代不允许我们再做桃源之民，祖国在腥风血雨里，袱着憔悴沉痛地向我们呼唤，要我们在动荡的大时代下，来个惊心动魄的场面，我们这些龙华会上同称海会的一群，该争点儿气吧，不要给人做酒余茶后的呻吟材料，说是“千年醉狮呼不起”！

抗战胜利后，道安法师从外地返回桂林，继续艰难主持广西省佛教会。后来，由于战云密布、时局动荡，道安法师辗转赴台发展，创建并驻锡于台北松山寺。

失去家园的女子

为什么你的眼里写满悲怆

在战争中失去家园，满眼悲怆的女子（摄影：杰克·威尔克斯）

记住历史，
勿忘国耻。

这个蹲在废墟上的年轻女子满面悲苦，眼里充满了哀恸、绝望和无助。烧焦的檩条边已经长出了荒草，残垣和瓦砾堆里一无长物，可是年轻女子蹲在那里，并不想离开，因为那里曾经是她的家园。

她，是我们这个城市七十多年前的一位普通市民，是千千万万个在战后回到桂林的城市居民中的一员，是我们中某一个人的祖母、外婆、伯娘，或是邻家嫂子。

美国《生活》杂志的记者杰克·威尔克斯在 1945 年 8 月来到光复后的桂林城，为我们留下了这幅照片，照片还配着说明文字：这个中国女子最近发现了她丈夫的遗体和烧毁的家，她在努力寻找化为灰烬的个人财产。

难怪她有这样一双眼睛！我们不忍直视这双眼睛而又不得不面对这样一双眼睛，因为在宏大的战争叙事之外，遭受磨难的是如草芥一样普通的芸芸众生。作为遭受过战争创伤国度的子民，我们谁能说，跟这样一双眼睛没有关系？

有一次，一位朋友带我们到他的家乡阳朔葡萄徒步，那里的峰林景观世所罕见。经过一个岩洞时，朋友突然停了下来，满脸凝重地指着洞口说，当年他爷爷和父亲躲日本人藏身于这个岩洞。他的爷爷出洞想回村子找点吃的，被日本兵发现，活活打死了。他的父亲当时只有七岁，目睹了整个过程。想一想，如果有镜头对着这个孩子，我们会看到一双什么样的眼睛？

我也是一个战争难民的后代。我不止一次听过父母、爷爷奶奶和外婆说起当年“跑日本”的经历：祖父在南京大屠杀之前，携家人从南京逃往西南，落户桂林，在日本人打到桂林前，又随供职的汉民中学逃到贵州榕江，日本投降后才又迁回桂林；外祖父在武汉大撤退时，先携家人逃到上海，后又辗转到桂林，那一路吃的苦、受的罪，三天三夜说不完。母亲兄弟姐妹共有 10 人，在颠沛流离的生活中，活下来的只有 4 人。

据桂林民国年间的户籍统计，桂林战前约有 8 万人，战时因为接纳各地难民，人口曾激增到 50 余万人，这 50 余万人到 1944 年 7、8 月间桂林强迫疏散前后，纷纷逃离，那是一个城市的大逃亡。1945 年 8 月，逃难的人们回家了，然而，他们中的绝大多数人发现已经无家可归：据《桂林沦陷期间各种损失统计摘要》（中华民国三十四年十月）显示，桂林收复时城区仅残存公私住房 478 间，被敌杀害 9932 人，重伤 12127 人。试想，哪一个老桂林人的家庭里，没有一本城破家亡的血泪史？

数据是冰凉的，而画面却是感性的。在杰克拍摄的几十张桂林战后景象中，这张无疑是最有穿透力的。一如那张著名的越战题材照片《战火中的小女孩》，它向人们诉说着战争对人类造成的深重伤害。值此日本宣布投降、抗战胜利 70 周年纪念日，让我们重温经典影像，记住历史，勿忘国耻！

澳大利亚人笔下的桂林劫难

澳大利亚人金指真与战后帮助道生医院重建的桂林妇女

见证20世纪40年代桂林城种种战争劫难的，不仅有桂林的本地居民、难民，还有长期居住在桂林的外国人。桂林道生医院护士长、澳大利亚人金指真（Rhoda Watkins）就是其中之一。Rhoda Watkins，1894年3月1日出生于澳大利亚南部一个小村庄，金指真是她的中国名字。1922年，金指真受教会指派，到桂林道生医院工作，在桂林居住了28年，直到1950年，她才回到澳大利亚。在她晚年出版的回忆录 *Foreigner in Kweilin : the Story of Rhoda Watkins* 中，金指真回忆了她在桂林的难忘岁月：

> 桂林第一声的空袭警报声是在人们完全没有准备的情况下发生的。店铺都关门了，只听到人们惊慌失措地逃离屋子的声音，他们背着叠好的铺盖，以及任何一样能从屋子里一起带走的东西。
>
> 第二声空袭警报响起来后，人们如潮水般地涌进桂林著名风景点之一的七星岩的岩洞里，第二声警报声意味着敌人的战斗机已经在桂林城市上空盘旋了。恐怖使得在漓江上过桥的人们互相拥挤推搡，抢夺逃走的路。

> 第一次空袭的恐怖场面让人难以忘记。在大家都接近防空洞之前，敌机已经飞到人们的头顶上开始轰炸。敌机的机枪扫射声，更是增加了大家的恐惧。燃烧弹从空中扔下来，升腾起的火焰烧毁了大片商铺和住房。爆炸声此起彼伏。整座城市似乎都已被烈火团团围住。第一次袭击已经摧毁了城市的整个商业中心，但这仅仅是这几个月不断袭击的开始。

金指真为桂林人的不屈不挠而感动：每天早上，他们带着自己的随身物品和中午饭躲进防空洞里，晚上，他们又回来。如果他们的家园已经被炸毁或破坏，他们就会互相帮助立即建造临时住所。在各个学校里，无论是老师或是学生都一起寻找新的家园，他们在新的地方、在最简单、最原始的条件下，在任何一座建筑物里坚持教学。

香港的沦陷给桂林带来了更多的流亡者，很多人来自不同的国度。在每天的下午茶时间里，医院的休息室看起来就像一场国际聚会。一位美国人以前是在香港卖车的，日本人侵入后，在朋友的帮助下逃难来到桂林；三位英国男士和一位英国女士是从监牢里逃出来的……有的人看起来快不行了，但仍逃过死神。虽然桂林空袭频繁发生，但在他们看来，这已是天堂般美妙的地方。

1941 年，传统的圣诞节到了。客人们聚集在医院，一起吃晚餐。他们中间有一位法国伯爵、一位英国上校、一位美国教授，还有另一些来自不同国家的家庭。

当金指真端上布丁和白兰地时，空袭警报响了。他们赶快跑向防空洞，在防空洞继续这场聚会，诉说着他们各自的故事。头顶上，那些日本飞行员根本不知道这里有一群人正在欢聚呢。

1944 年的 6 月，危机逼近桂林。英国领事来医院通知金指真：日本人几天内就会打来，没有人能阻挡他们，你们必须走。金指真不得不撤离了桂林。

桂林光复后，金指真第一时间返回了桂林，在她的坚持和努力下，道生医院重建了。

妇女儿童医院的前身

1946年8月，尽管道生医院的重建工程还没有最后完工，却提前开业，图为开业场景

100多年前，来自英国的教会医生柏德贞女士创建了桂林生命之路医院，后来更名为道生医院，也就是现在妇女儿童医院的前身。这是桂林最早的西医医院，也是硬件设施最好的医院之一。它的建筑群中西合璧，住院部宽敞明亮，有着良好的通风和采光。它采用的接生新法，为许多孕妇解除了痛苦，挽救了许多难产妇女及新生儿的生命。同时，它还救治过一些其他病患，在当时的桂林有着很好的口碑。

在日本人打进桂林之前，道生医院是桂林不可或缺的医疗机构，也是桂林的一道风景、各国人士交际的场所。这样一所医院，在1944—1945年间，与桂林城一起遭受了毁灭，被炸成一片废墟，只剩残垣断壁。

在联合国善后救济总署战后重建援助计划中，没有道生医院的名字；在相关战后工作会议中，道生医院因为破坏严重，也被提议放弃。这时，一个人站了出来，说服大家给道生医院一个重建的机会，并担当起重建的职责。这个人，就是道生医院的护士长、行政总管、来自澳大利亚的金指真（Rhoda Watkins）。

青年时代的金指真

金指真于1922年来到桂林道生医院担任护士，至1944年止，一直是柏德贞医生最主要的助手，医院的行政事务几乎都是她一人负责。1944年桂林大疏散前，她与柏德贞医生最后一批撤离桂林。桂林光复后，她第一时间历尽千难万险，从香港回到桂林。当进入被烧毁的医院，她发现外墙都坍塌了，里面的草地上到处都是杂乱的东西：遗留的药瓶、防毒面具、钢丝，这些正是对这场灾难无声的实况解说。

英国圣公会教区会议在零陵召开，金指真准时去参加了教区大会，参与讨论未来的任命和委派。由于金指真的坚持，会议最后决定由她回桂林，看是否能在三个月时间内筹集到足够的钱重建医院。如果不行，重建计划将会被放弃。

金指真回到桂林，面临她人生中最大的一次挑战：她必须筹集到重建医院和购买设备的资金。

联合国善后救济总署在桂林的代表何爱理给予她很多帮助，他给他认识的一位主管写信寻求帮助。次月，联合国善后救济总署在桂林开会，金指真邀请那位主管和其他一些成员去她的临时住所喝下午茶，进行公关。那位主管对她的决定印象深刻，决定给予帮助。

她写信给在英国的柏德贞医生以及向家乡的 CMS（外派传教士总部的英文缩写）的朋友们募捐，得到了大家的支持。

CMS 捐赠了 600 英镑，联合国善后救济总署捐赠了 1200 英镑，上海红十字会也捐了钱。尤其是因病不能返回桂林的柏德贞医生，在她的英国家乡积极筹款，给道生医院的重建以有力的支持。

资金陆续筹集到位，而中国的法币每天都在贬值。金指真发现她自己不仅是一位设计师，同时是建造师和会计。她必须在法币迅速贬值之前赶快用掉。

为了医院的重建，金指真呕心沥血，几次累得病倒在重建工地上。她的奉献精神不但感动了医院里所有的人，也感动了医院附近的居民。当医院的重建工程因无法买到砖而要被迫停工时，所有的医生、护士、病人的家属，甚至病人的亲友和风闻这件事的桂林城乡普通民众，都自发地去到被轰炸的废墟挑选能用的砖块，并肩挑人抬地送到医院去……

终于，一座全新的医院在废墟中站立起来了，它昭示了一座城市不屈的精神和桂林人战后重建生活的信心，我们永远怀念那些在战争年代坚强不屈的人们，向金指真女士及所有帮助过桂林的国际友人致敬。

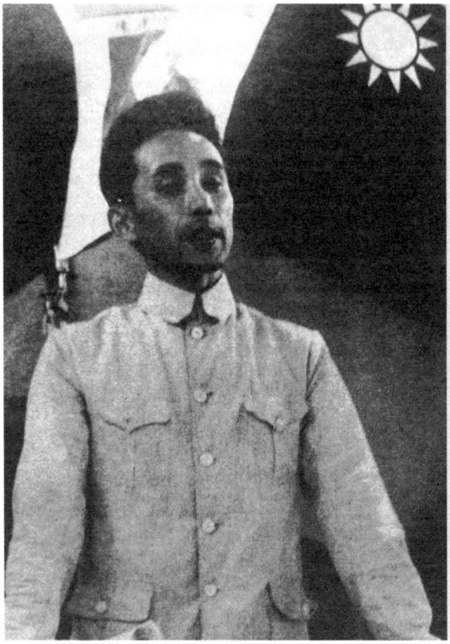

鹿地亘

反战人士鹿地亘

1939年3月1日，鹿地亘在桂林发表反战演说

《真理的斗争》《敌情研究》《三兄弟》《和平村记》……

2015年9月4日周五晚上22点，广西电视台综艺频道播出了一部纪录片《寻找巴布什金》。关于这位苏联军官巴布什金的墓园，去过桂林西山公园、留意过那座庄严的纪念碑的人，多少都会有些印象，但对他的生平事迹，哪怕是桂林抗战史的研究者都不甚了了，因为能够找到的资料很少，说到底，还是因为缺乏一种对历史的穷究精神和动力。而今天，长眠在桂林的巴布什金终于遇到了一批“上穷碧落下黄泉”的媒体人，他们不放过任何一个线索，遍查巴布什金的档案，遍访相关人员，甚至万里追寻，直达他的故乡，去探索巴布什金其人其事。这使我想起了我接触的桂林抗战历史资料中，那些帮助过中国人民抗战的外国人。这其中，一个来自敌对国日本的反战人士鹿地亘尤为引人瞩目。

鹿地亘，原名濑口贡，日本九州岛大分县人，生于1903年，早年毕业于日本东京帝国大学。因其反对日本当局的内外政策，日本政府于1927年逮捕了他，1935年他获释出狱。1936年1月，他和夫人池田幸子秘密转道青岛至上海，开始了他在中国的抗日反战宣传斗争。后担任国民政府军事委员会政治部设计委员，并在第三厅第七处工作。

1938 年 11 月和 1939 年冬，他两次偕妻子池田幸子来到桂林，开展反战活动。可以这么说，鹿地亘最重要的反战活动和反战文学创作，都是在桂林完成的。

1939 年 12 月 23 日，鹿地亘在桂林组建了“在华日本人民反战同盟”西南支部，任负责人。他以此身份，先后在国际宣传委员会主办的座谈会，中华职业教育社主办的时事讲座等场合和广西大学，广西学生军第一、二团等单位进行反战演讲。他还为报刊撰写了许多反战文章，率领反战工作队奔赴桂南前线开展战地反战活动。在中国军队反攻昆仑关的时候，“这支‘日军反战部队’开到了前线。他们的武器是‘扩音机’，在高地上向日本兵的心灵射击，曾使敌军的枪声终止，曾使敌军退却的时候，不像从前那样作不必要的疯狂而绝望的抵抗”。他将此次战地活动写成报告文学《我们七个人》。1943 年，夏衍将其翻译后交桂林作家书屋印行。

1940 年 7 月，“在华日本人反战同盟”总部在重庆成立，鹿地亘任会长。他带领成员们出版刊物《真理的斗争》《敌情研究》等，分发各战区司令部，他还创作了以反映日本劳动人民反抗法西斯为主题的大型话剧《三兄弟》，1940 年 3 月 8 日在桂林新华大剧院首演，由日军俘虏出演，“并曾用日语向日本广播”，这在中国还是第一次。夏衍将全剧译成中文，在《救亡日报》桂林版连载，在抗战大后方引起轰动。《救亡日报》《新华日报》均载文介绍剧情和演出盛况。在桂林演出期间，西南支部共募集了资金 9487 元，创桂林话剧演出票房最高纪录。

他还长途跋涉，深入到湖南常德附近的俘虏收容所做反战思想工作，将了解到的日军士兵思家厌战情绪及在收容所的见闻，写成长篇报告文学《和平村记》，《救亡日报》上连载该文，引起中外读者和舆论界的关注。

1985 年大学刚毕业那会儿，我在广西桂林图书馆摘抄桂林抗战文化城的资料，看见过许多关于鹿地亘、“在华日本人民反战同盟”西南支部和《三兄弟》的报道。2004 年，广西抗战文化研究会等单位编写《抗战遗踪——广西抗战文化遗产图集》，做田野调查，编写人员在时年 85 岁高龄的魏华龄老先生的带领下，来到在桂林市东郊大寺村南边的一片菜地上，寻找当年设在郊外南岗庙的“在华日本人反战同盟”西南支部遗址，我有幸忝列其中，站在遗址上遥想当年。2011 年，我去镇远旅游，不经意间走进了和平村旧址，参观了正在举办的展览，在那里，我又一次发现了鹿地亘的身影。

历史并没有离我们远去，只要有心，处处可以看见历史的痕迹！

怜子如何不丈夫

阚维雍教女儿学骑童车

国家多事之秋，
正是军人尽职之时。

这位足蹬军靴、身穿军便装、戴眼镜的瘦高个中年男子，站在一条寻常的青砖小巷里，一只手抚着小女孩的头，一只手指向前方，貌似正在教孩子骑童车。看着这温馨的画面，我们无论如何也想象不到，几年后，在惨烈的桂林城保卫战中，这位育有四个孩子的慈爱父亲把枪对准了自己的头颅，实现了他誓与桂林城共存亡的诺言。

“无情未必真豪杰，怜子如何不丈夫”，为保卫桂林而献出宝贵生命的三将军之一、一三一师师长阚维雍留下的这幅亲子照片，让我久久难以忘怀。

历史资料中呈现出来的阚维雍，是一位德才兼备的军人。他具有丰富的军事知识，对工兵专业造诣颇深，且博学多才，不仅琴棋书画、吹拉弹唱都有一手，而且文笔流利，在军中享有“儒将”的美称。他勤奋好学，作战间隙还自学了日语、英语和越语，达到了能会话、会翻译的水平。因而，他曾多次破译日军的密电码，击退了日军的偷袭和进攻。

桂林保卫战是1944年10月底打响的。8月，阚维雍奉命率第一三一师从驻地钦州、防城徒步开赴桂林。途经柳州时，回家稍事探视。妻子见连日的急行军，使他的双脚起了血泡，劝他在家休息一天再走。他说："大敌当前，怎敢贻误军机，我是一师之长，不带头行军，怎能保证按期到达桂林，又怎能团结全师官兵，万众一心，共同战斗。国家多事之秋，正是军人尽职之时。"在家停留不到一个小时就又继续踏上征程，于 9 月中旬率部抵达桂林。

桂林被合围，第一三一师受命担负东、北两翼防守，在这样的危急关头，阚维雍给家里写信："咏裳贤妻收览：……此次保卫桂林，大会战不日即可开幕，此战关系重大，我得率部参加，正感幸运！不成功便成仁，总要与日寇大厮杀一场也。汝带一群儿女，避居融县，战端一开，通信已成问题，接济更不容易，已另函托均任兄就近关照。家无积余，用度极力节省，如何寒苦，亦当忍受，抗战胜利在望，生活总有解决办法也。""诸儿女疏散到融县若无相当学校可进（处此乱世可暂时不进学校），嘱他们在家好好自修功课，切勿偷懒，至要至嘱。"

10 月 29 日，日寇发动进攻，出动大批飞机、重炮、坦克猛烈攻击北门至甲山及漓江东岸前沿阵地，成群的敌步兵像蚂蚁一样冲上中国守军防御阵地。阚维雍指挥部队沉着应战，击退日寇一次次的进攻。

11 月 9 日下午，桂林城危在旦夕。桂林城防司令韦云淞召开紧急军事会议，决定弃城突围，阚维雍力主守城而未获采纳，遂抱定与城共存亡的决心，从容安排后事。他写下绝命诗一首："千万头颅共一心，岂肯苟全惜此身。人死留名豹留皮，断头不做降将军。"把平日所背图囊交给卫士杨霖超，里面装着他的任职令、履历表以及日常用品，还有一条写有"大忠大孝，成功成仁"八个字的手帕，

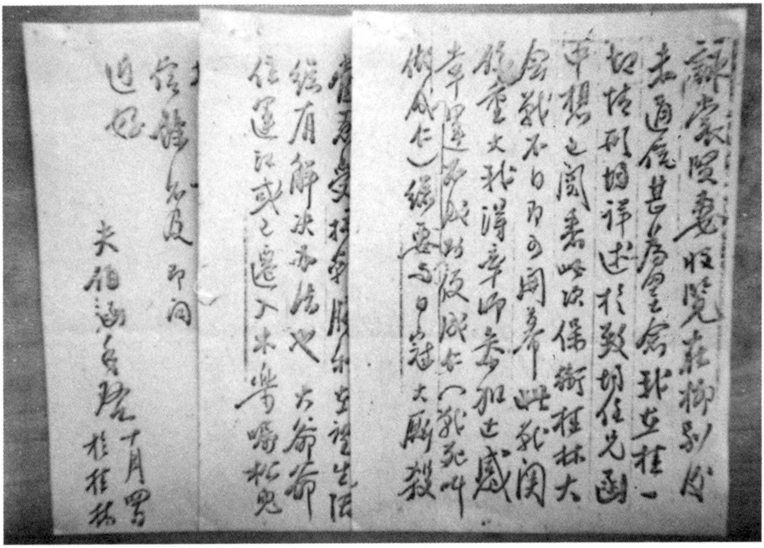

1944 年 10 月 4 日，阚维雍将军在桂林阵地致夫人罗咏裳的遗书

并嘱咐杨霖超：“我若发生不幸，你将这些物件带到融县交给我妻子，叫她不要过分悲伤。儿女的教育费用国家必有照顾，要他们勤奋自修，切勿疏懒。”随后，从容饮弹殉国。

我曾经去普陀山博望坪拜祭过三将军墓，经过多年的宣传，如今，知道桂林保卫战中三将军壮烈殉国事迹的桂林人也越来越多，但是当我们遥望历史的时候，三将军的形象往往是模糊的、固化的，他们只是一种不屈精神的象征，是一尊令人高山仰止的塑像，只有我们仔细去了解他们的生平，去捕捉历史的细节，去还原他们的生活的时候，我们才会看见一个有血有肉、侠骨柔肠的英雄。

读书生活出版社

桂西路上繁华一时的出版业

桂林“抗战文化城”时期，桂林读书生活出版社工作人员合影

短短一条桂西路，名副其实，可称是书店街。

拥有一家或数家有声望的出版社，是一个城市的文化标志和骄傲。20 世纪 80 年代，漓江出版社落户桂林，以一套“获诺贝尔文学奖作家丛书”蜚声业界，声名鹊起；90 年代，广西师大出版社异军突起，其策划出版的“理想国”“新民说”等系列已经成为经典文化品牌，如今已跻身中国出版第一方阵。人们也许会奇怪，在文化资源并不丰富的边远城市桂林，为什么会产生两家令人自豪的品牌出版社？当我们把眼光投向这座城市的历史，就不会觉得奇怪了。原来，这一切，都是有文化渊源的。

全面抗战爆发后，广州、武汉相继陷落，大批文化人士和民主人士选择前往桂林。他们当中有作家、诗人、新闻工作者、社会科学家、戏剧家、艺术家、教授，他们在桂林开展了轰轰烈烈的抗日文化活动。从 1938 年底到 1944 年湘桂大撤退之间，桂林成为大后方的文化中心，成了著名的“桂林抗战文化城”。

文化城的一个重要特征，就是新闻出版事业空前繁荣。著名出版人赵家璧曾经著文说：“抗战时期自由中国的精神粮食——书，有百分之八十是由她出产供应的。”

据统计，1938—1944 年，桂林先后开设大小书店、出版社（当时出版发行不分家）170 多家，出版各种图书 2200 多种。桂西路（现名解放西路）原名崇德街，是一条很小的商业街，在全面抗战以前并不著名。抗战文化城的逐渐形成，彻底改变了这条小街的面貌。当年的桂西路上，聚集了商务印书馆桂林分馆、中华书局桂林支局、新知书店、新华日报桂林营业处图书部、上海杂志公司、北新书局、正中书局、大华图书公司、建设书店、读者书店、文化供应社、东方图书公司、世界书局、时代书局、春秋书店、文苑出版社、集美书店……当时避居桂林的茅盾在一篇文章中写道："短短一条桂西路，名副其实，可称是书店街。"

在这些书店出版社中，有一家著名的书店——读书生活出版社桂林分社。

读书生活出版社 1936 年初成立于上海，是著名的进步出版社之一。1938 年冬，该社在桂林桂西路阳家巷 2 号成立分社，又在桂西路 17 号设立门市部。除发行总社在重庆出版的新书、担负印刷任务外，还出版了"鲁艺丛书""新中国文艺丛刊""新音乐丛刊"等。"皖南事变"发生后，桂林的政治形势也趋恶化，1941 年 2 月，读书生活出版社桂林分社被国民党当局查封。

读书生活出版社桂林分社停业后，又在中北路 91 号创办了新光书店（后迁太平路 22 号），对外由张汉卿（化名张敏）登记任经理，实际上是范用负责，出版文艺作品和社会科学读物，还重印了艾思奇的《大众哲学》。

1948 年，读书生活出版社与读书、新知出版社在香港合并成立三联书店出版社，至今仍是中国出版界的一面旗帜。

如今的桂西路，叫解放西路，是横贯桂林东西的交通干道。昔日的建筑早已毁于战火，文化城的荣光仅仅留存在人们的记忆中。但令人欣慰的是，战后重建的广西省立艺术馆还在，百年名校桂林中学还在，文化城的血脉依然延续着。今天，虽然我们无法目睹文化城的盛景，但所幸我们仍能找到一些老照片，去感受当年文化城的氛围。呈现在我面前的这张老照片，是读书生活出版社桂林分社部分员工在出版社门前的留影，那些意气风发的笑靥，就是抗战文化城、抗战文化斗士的生动写照。

曾经被错待的大师

林半觉于20世纪50年代摄于象鼻山顶

合而融之，宜其回绝凡流，独多开创，不朽可知也。

20世纪30年代，以梁思成、林徽因为代表的一批建筑学者，在极端艰苦的条件下，对中国古建筑进行田野考察，一大批优秀的传统建筑从寂灭的边缘拨尘而出，熠熠生辉，进入世人的眼帘。无独有偶，在南疆广西、战火纷飞的40年代，有一位文化学者、金石大家也开始了他筚路蓝缕、以启山林的文化守护和弘扬工作：对广西境内的石刻进行田野普查，历经艰辛保存这些石刻拓片及资料，并于战后在桂林、柳州、梧州、广州等城市举行巡回展览，引起轰动。这位可敬的文化守护者就是照片中的这位人物——林半觉先生。

广西石刻的中心在桂林。说起桂林石刻，早已广有名声，清代金石学家叶昌炽在《语石》中盛赞“唐宋题名之渊薮，以桂林为甲”。事实上，自中唐以后，士大夫度岭南来，游赏风尚渐起。桂林山水间多有题名诗赋，绵延千年，成就了“诸山无一处无摩崖”的壮观景象。此外，广西境内的许多名胜，如融县老君洞、北流沟漏洞、兴安乳洞等，都有前人的精美题刻。这些石刻散在各处山崖，欲窥全豹，除非亲临每一处石刻现场。自刘玉麐《粤西金石录》之后，历代先贤对广西石刻虽多有记录，但遗漏太多，而且没有保存第一手的拓片资料。

自1940年2月起，林半觉任广西省政府编译室编审，专门负责搜集、整理广西石刻，为举办广西石刻展览和编印《广西石刻志》做准备。为此，林半觉遍寻广西境内60余县市山崖、洞穴、石壁，历时五载，得唐、宋、元、明、清及近代石刻、碑碣、造像、摩崖等拓片1800余种，共计3000余件，被学界誉为“广西石刻活字典”。桂林沦陷前夕，他舍弃了个人财产，将3000余件碑拓招10余乡人翻山越岭挑运至老家融安暂存。全面抗战期间，桂林许多珍贵的石刻毁于战火，全赖林半觉的这些拓片保存资料，方使这些胜迹不致无迹可寻。抗战胜利后，林半觉始将这批珍贵资料运回桂林，并以广西省政府名义在桂林、柳州、南宁、梧州、广州等地举办“广西石刻展览会”，引起轰动，仅桂林一地就有25000人参观展览；相继编撰了《广西历代碑目》《广西石刻志稿》《广西历代平蛮碑纪要》《元祐党籍碑资料汇编》《桂林校碑记》等专书。

此外，林半觉还帮助一些学者，对桂林的摩崖石刻造像进行考察和研究。中山大学教授罗香林就是在林半觉的帮助下，完成《唐代桂林之摩崖佛像》一书的。罗香林教授曾如此评价林半觉：

> 辩章文字，探讨源流，去俗讹伪，力追渊雅，文字学家所有事也；摩抚名迹，妙造有得，挥毫染翰，自成格度，书家所有事也；磨垄金石，镂文制象，神完气足，尽美尽善，雕刻家所有事也。三者皆学术与艺事之最可贵者，擅一既殊不易，而半觉先生乃合而融之，宜其回绝凡流，独多开创，不朽可知也。

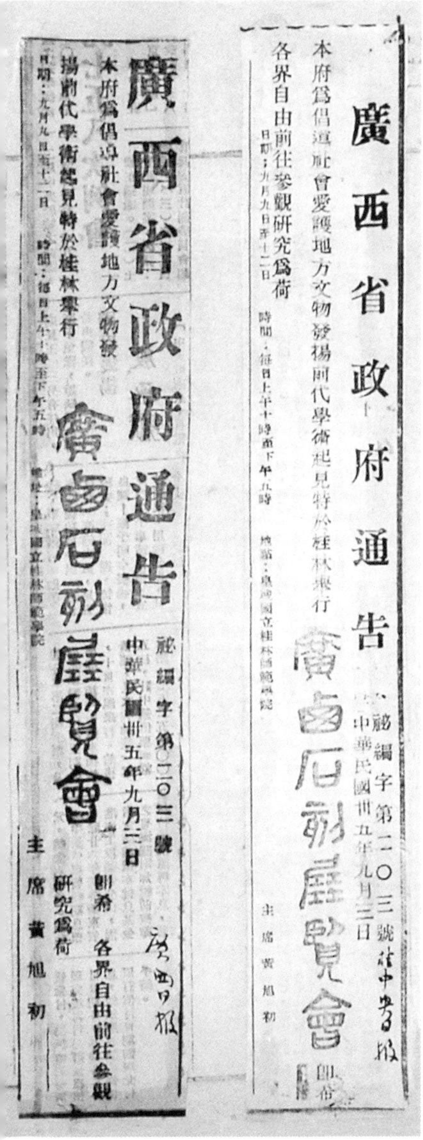

廣西省政府通告

本府爲倡導社會愛護地方文物發揚前代學術起見特於桂林舉行

廣西石刻展覽會

各界自由前往參觀研究爲荷

日期：九月九日至十二日 時間：每日上午十時至下午五時 地點：廣西省立桂林師範學院

總編字第二〇三號

中華民國卅五年九月三日

主席 黃旭初

廣西省政府通告

本府爲倡導社會愛護地方文物發揚前代學術起見特於桂林舉行

廣西石刻展覽會

各界自由前往參觀研究爲荷

日期：九月九日至十二日 時間：每日上午十時至下午五時 地點：廣西省立桂林師範學院

總編字第二〇三號

中華民國卅五年九月三日

主席 黃旭初

廣西日報

1946 年 9 月，《广西日报》等刊发“广西石刻展览会”公告

林半觉先生壮年遭遇“文革”，此后命运多舛，许多研究未来得及完成，个人的研究成果及资料也充为公有。

所幸的是，半觉先生后继有人，他的毕生心血及所藏文化珍宝，均由其哲嗣林汉涛精心保存，使其不致散佚，又在清代名园钵园旧址现今的林家私宅里，建起了林半觉艺术陈列馆，展出这些文化珍品。近年来，林汉涛更是致力于整理先人遗作，出版了《钵园谈艺录》等书籍，据悉，林半觉全集资料也在整理之中。

2017 年是林半觉先生诞辰 110 周年，特以此文，缅怀这位曾经被时代错待的大师。

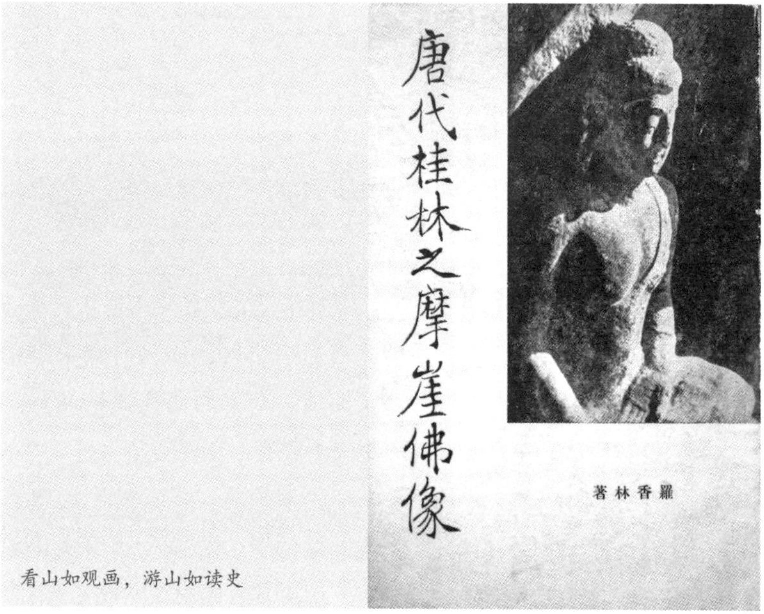

罗香林专著《唐代桂林之摩崖佛像》之封面

西山摩崖造像之重新被世人认识

望之俨然，即之也温，具有伟大引力，而足令人起无限之感发者。

与张家界、九寨沟这些自然风光奇绝的地方相比，桂林山水早已不是纯粹的自然风光，而是人文化的自然。在桂林的山水之间，积淀着厚重的历史文化，所谓“看山如观画，游山如读史”。可这山崖中的史迹，是隐是显，可否“阅读”，并不是一成不变的，众多古迹都有一个重新发现、认识和价值发掘的过程。桂林史上最著名的案例，当属桂林西山的摩崖佛像。

西山一带，历来山水幽胜，与城市欲合还离，是佛教信徒们修行参禅的适意之地，也是桂林早期的佛教胜地，始建于隋朝的西庆林寺是桂林最古老的寺庙之一。唐代莫休符的《桂林风土记》有记：“寺在府之西郊三里，甫近隐山，旧号西庆林寺，武宗废毁，宣宗再崇。峰峦牙张，云木交映，为一府胜游之所。寺有古像，征于碑碣，盖卢舍那佛之所报身也。……至今尊卑归敬，遐迩钦崇。”

西山的寺院群占据了观音峰、千山、龙头石林及照面山等山峰山坳，山崖间遍布摩崖造像。唐会昌五年（公元 845 年），武宗诏令灭佛毁寺，一代名寺，惨遭荼毒，僧尼尽散，佛像被毁。唐宣宗（公元 847—858 年）时再建，宋代曾重修。其后，几经劫火，西庆林寺遂慢慢衰落，至元末，寺宇被毁，摩崖造像渐至被荒草淹没，鲜为人知。

抗战时期，居于桂林、雅好文史、曾在广西省立特种教育师资训练所、中央银行任职的陈志良先生，对广西的文物古迹、民风民俗进行了广泛的田野调查，写下了《广西特种部族舞蹈与音乐》《桂

1940年9—11月，罗香林考察西山唐代摩崖石像时在著名的李实造像旁留影

林西山考古记》《桂林开元寺考》等一系列文章。其中，发表在《建设研究》杂志第 3 卷第 1 期的《广西古代文化遗址之探考》，记录了其对西山摩崖造像进行考察的情况，首次论述了桂林的佛教艺术造像。陈志良的发现和研究，引起学界的关注，中山大学教授罗香林就是其中之一。

罗香林在战火纷飞、学校辗转迁徙、个人往来奔波于途之际，来到桂林，考察桂林的文化古迹，以一个文化学者的眼光，发现了这些摩崖佛像的研究价值。他在日记中，详尽地记录了与当时居住在桂林的文化学者陈志良、林半觉以及高僧巨赞法师等交往、考察桂林摩崖造像和石刻画像的情况。他的研究专著《唐代桂林之摩崖佛像》，1958 年由美国哈佛燕京学社协助出版，在香港发行。

罗香林在专著开篇即说道："中国中古时代所遗留之艺术，每有一种形制钜丽，望之俨然，即之也温，具有伟大引力，而足令人起无限之感发者，其为佛教之摩崖造像乎。"罗教授认为，桂林西山一带的唐代佛教造像，足以与云冈石窟、天龙山石窟、龙门石窟、响堂山石窟和莫高窟媲美。只是桂林地处边陲，西山一带佛教寺宇又历经劫难，古迹久已湮没，不为世人所知，更不为艺术史研究者所提及。

在对西山一带佛像的发型、鼻、手、胸和坐姿等深入研究后，罗香林指出，它们与印尼爪哇地区的佛像完全相像，而与云冈石窟及龙门石窟的佛像明显不同。这说明当时桂林的佛教不属于北方佛教系统，证实了佛教的国际交往确实存在着一条南方路线，而桂林便是这条南方传播途径中岭南的佛教活动中心之一，因而西庆林寺及西山摩崖造像是研究我国中外学术文化交流史重要的遗址和例证。

何信与妻儿

一个英雄家庭的世纪守望

出征前何信与妻儿的合影

这是一张温馨和美的家庭照，照片中的三个人颜值都超高：一身戎装的年轻父亲帅气中透着灵气；初为人母的青春母亲温婉中带着妩媚；怀中的萌娃浓眉大眼，虎头虎脑，更是招人喜欢。这张照片，永远定格在了1937年的秋天，这是照片中的军人生前最后一张家庭合影。

熟悉桂林历史的人也许一眼就认出来了，这是抗日英雄何信的家庭照。何信于1938年3月在台儿庄大战中壮烈殉国，最终魂归故里，长眠于尧山西麓。其英雄事迹感人至深，许多报刊都有登载，这里不多赘述。

照片中的萌娃，大名何振球，小名球球，现名何平，父亲牺牲时尚不满周岁，由祖母抚养长大。这位祖母叫靳永芳，也非等闲之辈：她是中国同盟会广西分会的骨干，1921年，孙中山来桂林组建北伐大本营时，广西各界欢迎孙中山大会的组织者和主持人。何平的祖父何少川，1905年与马君武等一批优秀青年，被清廷选派到日本留学，入东京大学土木系学习，在留学日本期间，与孙中山交往，参与了中国同盟会的创建，是中国同盟会早期会员，回桂林后，

何信飞行服照

组建了中国同盟会广西支部，创办了广西历史上第一所正规的高等工业学府——桂林高等工业学堂，并担任首任校长及主科教员。何平的大伯，也就是何信烈士的大哥何德润，早年参加中国共产党，战争年代更名贺希明，参加新四军，为全国解放立下了汗马功劳，1949 年后历任广东省副省长、中共广西壮族自治区区委书记处书记、自治区人民委员会常务副主席。“文革”中，贺希明被“打倒”，整个何家受到牵连。何信烈士遗孤何平更是身陷囹圄，从 30 岁到 45 岁，整个人生中最美好的年华，都在牢狱和流亡中度过，直至 1983

年 12 月底，伯父平反六天后才获得平反。

可以说，何家是个充满革命色彩和传奇色彩的家庭，许多人的经历，都可以写成一部长篇纪实小说。然而，这些故事如散珠碎玉，零星见于报刊、档案、史志，甚至是口碑之中，让人难以获得完整印象，也形不成冲击力。1998 年，照片中的婴儿何平已是花甲之年，他在自己的住宅，也就是何信烈士故居遗址，建了一座何信纪念馆，收集、挖掘、整理、展出何信烈士遗物以及整个家庭的革命历史。建馆近 20 年来，接待了成千上万的参观者，已然成为桂林市青少年爱国主义教育基地，成为桂林历史文化的一个坐标和丰碑。近年来，何平老人更是不畏高龄，以何信一家三代爱国事迹为主线，以《从一个家庭谈爱国主义》为题，走进高校、机关、企业，宣讲爱国主义，在社会上引起了强烈反响。

英雄的事迹固然感人，而一个家族的后人对先辈精神遗产的继承和守护，同样感人。

多年以前，我去襄阳，拜访了米公祠。米公米芾及其孙子米友仁，与桂林有过交集。米公祠几度兴废，靠着米家子孙的不懈坚持，才使得米公祠这座家族的也是城市的文化殿堂得以保全，世代绵延，不至于湮没在历史的尘埃中。

同理，桂林也有许多可圈可点的文化家族和革命家族，比如园林半城的李家、金石书画传承的林家和帅家……正是这些家族后人对先辈精神遗产的承继和守望，才丰富了历史的细节，成就了桂林历史文化名城的内涵。

因此，我们要向以何平老人为代表的英雄后辈致敬，要向致力于整理、传承与弘扬先辈文化遗产的林汉涛、帅立功、李超英们致敬！

漓江西岸局部之行春门码头一带，近处山体为独秀峰

外篇

旋建旋拆，关于逍遥楼不能不说的往事

逍遥楼无疑是桂林城的一座文化地标。自它问世千百年来，一直屹立不倒——它不在桂林人的眼中，就在桂林人的心中。在世纪之交的桂林城市大建设大改造中，许多市民给有关部门上书，希望复建逍遥楼。逍遥楼的建设，甚至提上了那一任领导的议事日程，由于种种原因，复建动议被搁置下来。16 年过去了，今天，逍遥楼的雄姿终于再一次矗立在漓水之滨。虽江山形胜不同往日，但胜境重开，意义非凡，终是可喜可贺。

近年来，围绕逍遥楼的重建，桂林文史学界掀起了一股探寻其历史的热潮。笔者近日翻检以往收集的资料，无意中被一则清代道光年间重修逍遥楼的史料吸引了：鸦片战争期间，大清国桂林府“城墙修缮指挥部指挥长”马秉良在修缮桂林城墙时，用修城余款重建了逍遥楼；楼修好后的第二年，迫于流言蜚语，又亲手拆掉了逍遥楼。1842 年建好的逍遥楼存世不足一年，成为历史上最短命的逍遥楼，这是怎么回事呢？且让我从头道来。

马髯其人

马秉良，字致远，号云谷，回族人，约生于乾隆四十年（公元1775年）。先祖世居顺天府宛平城（现属北京市丰台区），后移居广东。他的七世祖因为久闻桂林山水之名，在某日收拾行装，来了一场说走就走的旅行。更为有趣的是，到桂林之后，他因为喜爱这方山水，从此住下不走了，在桂林南乡开了一个家馆教授学生。一时负笈从学者众，马先生由此安顿下来。到了马秉良祖父一辈，进城经商，在桂林东江一带经理营生，生意十分红火。马秉良的父亲在1780年考取了庚子科武举人，转年参加会试不售，第二年病逝。马秉良由其祖父和寡母抚养，开蒙读书，深得蒙师喜爱。第一次学着写八股文的“起讲”，蒙师给他的批语就是“侃侃而谈，英姿磊落，少年有此，何患不出人头地”。因为家计，马母决定让他跟着祖父当学徒，帮着打理家族生意，蒙师苦劝而不得，从此小马辍学经商。工作之余，他刻苦学习，尤喜书法和绘画，文人墨客都愿意与他交游。后来捐了个从九品职衔，又拜当时的广西学台沈学厚为师。事业有成，又有了社会地位，马秉良不再是一介普通商贾。

从嘉庆十九年（公元1814年）发起并参与漓江浮桥修葺工程开始，马秉良发起、主持了修建东门两岸码头、设立义渡、文昌门外铺路修桥、重修贡院、荒年平粜、修建童子试考棚、修葺独秀峰庙宇及周边景观、建经古书院、创办育婴堂、重修五咏堂等许多工程和公益事业。他所经办的工程，质量上乘，账目清楚。尤其是重修贡院一事，大得朝廷褒奖，被授予六品职衔。他留着长须，人称“马髯”。颏下飘飘，奔波于途，桂林城里无人不识马胡子。

名楼重现

在成功经办了一系列工程后，马秉良积累了很高的人望。1840年鸦片战争爆发，广东形势危急，与广东相邻的广西气氛一时也紧张起来，“城防”意识陡然提升。自清初康熙朝平定三藩之乱后，承平日久，桂林城的城墙倒的倒，塌的塌，显然不能应对可能到来的战争。于是，官府决定重修城墙。谁能担任修缮城墙的重任呢？不用说，马秉良自然进入了官府的视野，成为第一候选人。

当时担任广西巡抚的梁章钜奉命前往梧州设防，临行前，他交代桂林知府许惇书，邀马秉良负责修葺桂林城墙。许惇书虽然是梁章钜的门生，与马秉良也是老相识，但马秉良因在一系列工程中出了风头，引起一些人的嫉恨，许知府的耳朵里早传进了许多风言风语。他把两位地方名流请进府衙咨询，问为什么对马某人会毁誉参半。说起知府的这两位客人，可是大大的有名：一个是“三元及第”的陈继昌，一个是点过翰林、当过知县的黄暄。他们告诉许知府，马秉良办过许多公共事业，经手银子成千上万，出钱的人没有说过他的不是。许知府说，看来是喜欢他的人，自然是喜欢，不喜欢他的人，怎么看他都不顺眼啊。

经过一番审慎的考察，最后，许知府把修缮城墙的事委派给了马秉良。陈继昌还推荐了一个叫黎克斋的乡绅协助。马、黎一番商议之后，决定再邀请六位乡绅“共襄善举”，设立公局，办理城墙修缮。于是，大清国桂林府的国防工程正式启动。

人有了，可修城墙的银子还没有呢。以清代的体制，官府的经费里是没有这些开销的。一应重大建设事项，地方官除了自掏腰包、率先垂范之外，只能委以事权，给些政策。“指挥部”做的第一件事，就是筹措银两，这就需要动用大清国的一项政策：捐输议叙。什么叫捐输议叙呢？简要地说，就是当国家筹集军饷或者重大建设款项时，凡是捐了一定数额的银两的，按捐银多少，授予相应的虚衔，按现在的说法，就是给予一定的政治待遇。非常之时，用非常之策。为了调动富人的积极性，马秉良活用这项政策：一是提高待遇级别，二是捐资在换算时调低汇率，相当于“打折”。当时银价腾升，一两白银可换制钱一千六七百文。马秉良报告知府并得到批准，规定：捐制钱一吊（一千文）按一两白银计算；捐出两百吊铜钱可以报请给予九品职衔，捐出三百吊铜钱就可以报请给予八品职衔。打折政策收到奇效，修城的银子很快就募集到了，城墙修缮工作顺利实施。

在修城的过程中，马秉良发现了桂林东门城楼上的逍遥楼、湘南楼的遗址，不由得动了重建逍遥楼的念头。我们来看看马秉良自己是怎么记录这一过程的：

> 因查东门城楼上向有逍遥楼一座，位居巽方，高耸特峙，为省会催官；旁有湘南楼一座，略小，年久均废。现有颜鲁公亲书“逍遥楼”三字大碑，又有湘南楼序、前人题咏碑及元时修城碑记，屹立直竖。其二楼虽废，基址尤存。传闻此楼盛于唐宋，而衰于明末，乾隆年间犹有见之者。兹因修城，仍其旧址重建逍遥楼，复此催官古迹。

坍塌的城墙修整一新，消失多年的逍遥楼也将重现江湖，供人游赏，这是多好的事啊。

且慢高兴，随着逍遥楼动工重建，各种流言蜚语也传播开来。有说马某人借修城墙擅自“新建”逍遥楼的；有说是在修建一处吃喝玩乐场所的；有说新楼太高大，影响了桂林城风水的……不一而足。

此时的巡抚换成了郑祖琛，桂林官场早已人事一新。新来的桂林知府是琦成额，听闻流言，马上派出官员前来查勘。虽然没有发现什么不妥之处，琦知府还是不放心，又把黄暄请来，告诉黄暄，省里几位大员对有碍风水的传言非常在意，并问重建逍遥楼的事情是不是马某擅自做主，有没有和衙门打过招呼。黄暄解释说，这是恢复古迹，不是创建；并不像传言中那样高大。重修一事也是几个负责人共同商量过并告知了衙门的。知府听了黄暄的一番解释后说：如果是这样的话，就不能只责怪马秉良一个人啦。再说了，楼已经建起来了，还能拆吗？话虽如此，言辞之间，疑虑尚存。

得知这一切之后，马秉良和同事们督促工匠，加快进度，到1842年夏天，城墙修缮竣工了，一座全新的逍遥楼也出现在桂林东门。“登楼四望，桂岭环城，漓江如带，往来游人无不欣羡。”琦知府带领临桂县知县一众官员前来验收，仔细查勘，只见“工坚料实”，官员们十分满意，捐资的65人如约得到了职衔，负责工程的8人也都获得了朝廷褒奖。

最终命运

然而，事情远远还没完结。在逍遥楼建好的第二年，桂林城遭遇了一场火灾，损失惨重。那些攻击马秉良的人，把起火的原因归咎于逍遥楼的重建，说是破坏了城市的风水，导致了火灾。谣言不断地传播重复，导致民怨沸腾，更要命的是，官府、乡绅，那些有头有脸的人们，这时却都集体失声，没一个人站出来讲话。

迫于无奈，马秉良做出了一个决定：禀报官府，拆掉逍遥楼。他用拆下来的材料和修缮城墙的余款，“改建文昌阁于訾洲之南，创建得月楼于象山之西”。在得月楼旁，还建了接官亭和附属建筑。这座新楼在城墙外，风景绝佳，登临远眺，漓水两岸风光尽收眼底。藩台张祥河为新楼题额“香渡楼”，巡抚郑祖琛又改题为“得月楼”。此楼遂以得月楼名，每逢乡试放榜后，地方大员都会在此处请乡试钦差喝酒看戏，登楼赏月。

而吊诡的是，得月楼的命运比逍遥楼还惨几分：它毁于十年后的一场战争。

公元 1852 年，从永安州溃围而出的太平军直扑桂林城。道光年间修缮的城防，没有起到防御夷狄的作用，倒是在咸丰年间的内乱派上了用场。

大家都知道，太平天国攻桂林，文昌门、象鼻山一带是进攻重点。官府为了防止太平军攻城，采取了焦土政策，一把火将文昌门外的民房悉数烧毁。马秉良的铺屋和他集毕生心血撰写的书稿、尚未印刷的书板、收集的古玩印章都在大火中化为灰烬。得月楼因为楼高墙厚暂时保全，被太平军当成了自己的据点。城上的清军和丁壮连续几天抛掷火球、火罐，费了好大的劲儿，才引燃了大火，得月楼、接官亭也被烧得干干净净。可怜的马髯公，在城楼之上目睹这一切，捶胸顿足，哭干了眼泪。

太平军久攻不下，绕城而走。此时的马秉良年近八旬，蜗居在文昌门内副衙巷的一处陋室，虽然还勉力杖行，张罗重修浮桥、义渡，更多的时候却是终日与书画为伴，读书自娱。几年前那一段建楼拆楼的经历始终令他耿耿于怀，把一肚子的愤懑倾注在诗篇中：

> 城东建高楼，楼以逍遥名；年久楼倾圮，犹存旧基址。往岁修城垣，余赀乃重起；楼高壮观瞻，正人见者喜。小人辄造谤，拆移象山圃；又费经营力，楼成名香渡。香渡改得月，登览人怡悦；楼前漓水绕，隔江烟树列。大府喜谯集，士民乐登睇；咸谓胜蓬瀛，可期永不替。讵料仅十春，时移势忽异；前为游宴场，今为瓦砾地。自古名胜境，兴废时或改；不信看桑田，常变为沧海。此楼得三名，人人皆称美；前既因谤拆，后复因乱毁。楼毁名犹存，作者空嗟悔。

他写下《云谷琐录》，在记述自己生平事业之余，还记录了被迫拆楼后发生的事情：城里连年遭遇火灾，这时大家转了口风，都说这是天灾，与逍遥楼有什么相干，以失去这一处古迹为恨事。他强调桂林的风水恰恰因此大受影响："拆去此楼之后，所有吾粤外任乡宦，迭遭不利。识者咸谓风水之验，其应甚速，无不叹息。"

时间又过去了三年。咸丰五年（公元1855年），经过桂林官绅公议，逍遥楼又一次重建。年迈体弱的马秉良是不是再次亲力亲为，参与了工程，我们暂时不得而知。但从诗句中可以看出，此时他心情大好："吉凶休咎如符券，数年之内确有验；从来兴废哪能知，讵意斯楼今重建。建楼非徒壮观瞻，从此文风如转环；楼成高耸插云汉，庆衍弹冠已肇端。"郁结多年的鸟气终于一吐而尽。

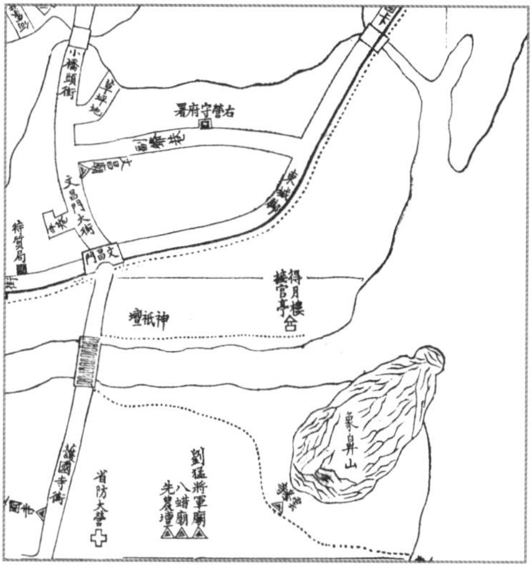

光绪时期《桂林省城图》(局部)

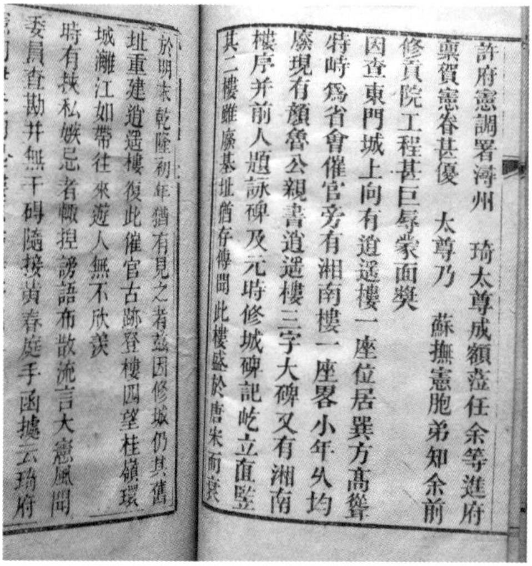

許府憲調署潯州　琦太尊成額蒞任余等進府
稟賀憲眷甚優　太尊乃　蘇撫憲胞弟知余前
修貢院工程甚巨辱蒙面奬
因查東門城上向有逍遥樓一座位居巽方高聳
特峙爲省會催官旁有湘南樓一座畧小年久均
廢現有顔魯公親書逍遥樓三字大碑又有湘南
樓序并前人題詠碑及元時修城碑記屹立直竪
其二樓雖廢基址猶存傳聞此樓盛於唐宋而衰
於明末乾隆初年猶有見之者兹因修城仍其舊
址重建逍遥樓復此催官古跡登樓四望桂嶺環
城灕江如帶往來遊人無不欣羡
時有挾私嫉忌者輙揑謗語布散流言大憲風聞
委員查勘并無干碍隨接黄春庭手函據云琦府

马秉良著《云谷琐录》书影

马秉良牵头改造大清广西贡院

桂林虽偏处一隅，但自南朝刘宋颜延之任始安太守，倡导读书以来，文教之风日盛，唐代桂州赵观文状元及第，一时传为美谈。宋代桂林地方官鼓励士子读书的殷切之心摩崖石刻可以作证：范成大、王正功宴请中举士子的《鹿鸣宴诗》分别刻在伏波山和独秀峰的岩石上。你道“桂林山水甲天下”的名句是怎么来的？就是时任提点广南西路刑狱、权知府事的王正功，以地方官的身份，依惯例设宴宴请举人们，勉励他们再接再厉，来年继续赴京师参加会试，考取更大的功名，席间创作的。夸山水那是副产品，鼓励科考，夸赞考中举人的 11 名文士才是正题，全诗如下：

桂林山水甲天下，玉碧罗青意可参。
士气未饶军气振，文场端似战场酣。
九关虎豹看劲敌，万里鲲鹏伫剧谈。
老眼摩挲顿增爽，诸君端是斗之南。

一脉相承的文教传统，经元、明两朝的长期积淀，到清朝，桂林人才辈出，文化出现了大爆发，临桂词派、岭西五家、杉湖十子，广有才名。况周颐、王鹏运登顶中国文坛，位居晚清四大词人之列。

闲话少说，言归正传：世人只看见桂林读书人高中皇榜的荣耀，有谁看见，为了给这些士子们铺设考试之路，提供良好的考试环境，有人付出了多少艰辛，操碎了闲心？

我这里给大家讲一个改造考场的故事。

看热闹看出来的重点工程

道光八年，公历 1828 年，农历戊子年，三年一次的乡试在秋天开考，广西各县考生齐集首府桂林，鱼贯而入广西贡院赶考，场面甚为壮观。

寄籍桂林的名士、画家、曾居官工部都水司郎中、人称李水部的李芸甫邀约一众朋友同去观看“入簾”（科举考试时阅卷官进入试院履职谓之“入簾”，在考试期间不得外出），之后到他家的园子李园小酌。这李园是桂林有名的园林，在叠彩山后。席间，李芸甫说起广西文风日盛，观光者众，考生也多，每到考试之时，常常出现号舍不够用的情况，而要临时搭建席篷，于考生不便。如果能邀约一些士绅联名呈报有司，发起募捐，增建号舍，不失为一件美事。在座的其他人听了，都认为这是件好事，但很难操作，说说也就罢了。然而，说者有心，听者中更是有一个人有意，这个人就是马秉良。

马秉良何许人也？马秉良，字致远，号云谷，回族人，约生于

世传马秉良画像

乾隆四十年（公元 1775 年）。少年丧父，因为家计，辍学经商。工作之余，他刻苦学习，尤喜书法和绘画。后来捐了个从九品职衔。事业有成，又有了社会地位。从嘉庆十九年（公元 1814 年）发起并参与漓江浮桥修葺工程开始，马秉良发起、主持修建了东门两岸码头、设立义渡、文昌门外铺路修桥等一系列公益工程。用马秉良自己的话来说："余有热肠一茎，长仅尺余，其直如矢，见义必趋，常为人谋，终日碌碌。"

李芸甫的一席话勾起了马秉良的热心肠，从此马秉良将改造广西贡院的事当成己任，先是征询朋友及前辈乡绅们的意见，获得了大家的支持，并鼓励他尽快进行。马秉良邀约一批士绅到孔庙的大殿明伦堂上公议，乡试结束后，于农历九月十二日联名具文呈报省里长官，请示募捐增建号舍事宜，获得批准，并批示立即操办。于是，马秉良们拟刻捐建章程，制作捐款薄 100 本，请首府桂林府盖章，分移各府转发各县，由各县学官士绅广为劝捐筹款。

随后，捐款陆续到账，前期启动资金有了眉目，道光九年四月，广西贡院改造工程择吉日开工，马秉良邀约同举其事的 12 位同仁成立公局（相当于现在的项目建设指挥部），大家齐集贡院工地，举行开工仪式。首府桂林知府恒梧、首县临桂知县曾敬熙，均到场致祭。

一波三折，贡院改造工程经历了最严格的审查

现在都说办事难，搞工程难，其实古代亦然。马秉良发起贡院改造工程时，知道会有许多困难，但绝没有想到会经历这么多波折：

一是人事更迭频繁，取得地方官的支持难。贡院改造工程前后不过三年，但主管这一工程的桂林知府前后更换了四个。这些长官们，有的好沟通，有的就不那么好沟通，比如这位郎锦骐知府。贡院改造工程先从拆除东文场一千间号舍开始，在原地扩展，新建号舍二千五百间，新号舍比原号舍高出尺余，横直均宽数寸。在改建时，马秉良为考生们考虑，想在设计上做些调整：以前号板是拦门横搁，向南正坐，出入不便。士子们进场，得买竹签两根，楔进泥砖缝间，靠墙搁板，向西侧坐，方可出入。新建号舍改为火砖，无法钉竹签改坐，若还正坐，考生们必得受苦。所以，马秉良想挨墙竖石搁板，向西侧坐，方便考生出入。不料郎知府不准改设。适值府考，各府绅士赴各衙门呈请改号舍侧坐，各位省级衙门的长官又将请示批转桂林知府办理。郎知府以坐式为老规矩，照旧章办理，

江南贡院的考棚（1910 年）

俯瞰江南贡院（1920 年）

不得擅自改动为由，驳回了请示。这一有违众意的决定得罪了士绅们，各府的捐款不再交付贡院改造公局，后续资金不到位，改造工程不得不停工。

万般无奈之下，马秉良想出一个主意，他让木工按新旧两个号舍的样子，各做了一个样板间的模型，请郎知府的亲家，也就是贡院改造工程的首倡者李芸甫带到郎家去，现场解说，总算获得郎知府的勉强同意。马秉良赶紧知会各地士绅，加紧筹款。这第一个难关，总算过去了。

二是面对谣言诽谤，严苛审查。小小桂林城，建设那么大一个工程，总会有各种各样的议论，一些不怀好意的人甚至造谣说，马秉良们是趁此工程渔利。闲言传到郎知府耳朵里，于是对贡院改造工程展开了一系列查验：道光十年（公元1830年）四月二十五日，郎知府委派史悠辰、陈学淦两位具有知县职衔的人来查账，并将账册带回知府衙门查对，五月初二陈学淦亲自送还账册，并表扬马秉良账目清楚；初九，郎知府委派知县职衔的杨兆缙带丁役来数砖头，这还不算，接着又叫来两个泥瓦匠，照号舍的样子砌了两个样板间，得出每间号舍的用砖用料，与账目上的工料和存料核对，不差分毫。经过这一系列的查验，贡院改造工程账目清楚，工坚料实，事实证明，马秉良为首的贡院改造公局襟怀坦荡，一心为公。

三是资金筹措难，同事坚守难。这么大的贡院改造工程，资金全靠募捐，难度可想而知。限于篇幅，这里不一一赘述。经历这种种困难之后，当初起意与马秉良一起发起贡院改造的同事12人，最后坚持下来的只有5人，首其事者马秉良想了各种办法，以百折不挠的精神，坚持下来，最终为贡院工程建设画上了一个完满的句号。

道光十一年（公元 1831 年）六月，就在举行乡试的前夕，一座全新的广西贡院落成了。新贡院的号舍全部由火烧砖砌就，可供五千举子同时应考。除了五千间号舍，还重建了贡院里的明远楼，修建了办公用房 50 间及大厨房等附属设施，并为考生修建了避雨亭。从此，士子们终于可以坐在相对舒适的考场进行考试了，就在这一科乡试中，后来成为一代名宦的朱琦中了解元。贡院工程剪彩的那一天，烟花映红了桂林城，马秉良独立贡院，回想这一路走来的艰辛，心潮久久难以平静。

“一县八进士，三科两状元”的科场佳话由此诞生

时间又过去了 60 多年，广西贡院送走了一批批士子，迎来了科举史上的辉煌：光绪十五年（公元 1889 年）张建勋中己丑科状元，事隔三年的光绪十八年（公元 1892 年）壬辰正科，桂林举子刘福姚再中状元，一个县的举子接连中正科状元（其间，光绪十六年加开恩科，所谓恩科，是指除正科之外的加考科），在中国科举史上可以说是前所未有的成绩。更让人惊讶的是，桂林在这一科金榜题名的进士竟有刘福姚、阳凯、吕森、范家祚、陈福荫、王家骥、秦士麟、郑揆八人，其中还有一位状元，这也是中国科举史上的奇迹。桂林人竟然一下创了两个奇迹，故朝野震动，全国震动，以至于当时全中国甚至海外的广西会馆的大门两边都贴上了这样一幅醒目的对联：“一县八进士，三科两状元。”

历史记录下了桂林这些精英们的风采，也应该记住为桂林的文教事业呕心沥血的马秉良们。

两江四湖：水与城

人类文明离不开水的滋润，在四大文明古国的身后，无不有大江大河的支撑。而城市是人类文明高度聚集的地方，城市的产生与发展，更是与水有莫大的关系。

桂林是个山水城市，怎样处理好山水与城市的关系，是桂林城市建设的千古命题。在桂林城核心区域，有“两江四湖”环城水系。两江，是指流经桂林的两条较大的自然河流漓江和桃花江（古称阳江）；四湖，是指榕湖、杉湖、桂湖和新开挖的叠彩山以北的木龙湖，在这个水系里，两江是天然（其中阳江也经过人工改道），而四湖则是人为。“两江四湖”建设工程虽完成于21世纪初，但不是凭空而来，是历经上千年的演变而形成。今天“两江四湖”所代表的水域，在桂林城市发展的不同时期所扮演的角色和起到的作用各有不同，但同样体现了桂林人民的智慧和环保理念，也是桂林这座历史名城生生不息的血脉所在。

水兴桂林

中国古代的智者对城市建设和山水环境的关系有着深刻的认识，春秋时代的管仲就提出“凡立国都，非于大山之下，必于广川之上……因天材，就地利”。桂林周边的群山和流经这一区域的漓江、桃花江为桂林城的兴建和发展提供了得天独厚的条件。称为“始安”时期的桂林城形态，现在已经难以查考，但到了唐初设立桂州总管府、李靖筑子城，大量的文献资料和后人绘制的地图，都证明当时的桂林城正依靠自然山水地形构筑，并确立了其后一千多年桂林城的基本轮廓。

依托漓江和桃花江，利用原有的水道或平地加以开挖、连通，将之作为保护城市的城壕，是桂林城市发展史上的另一重大举措。宋代刻于鹦鹉山岩的《静江府城池图》上，所标城壕有：

壕河：自南阳江一字城起，至平秩门、尊义门，至西北古旧城团楼，过宝积山花园，转至镇岭门，接碧霞岩脚。又自东江门下訾家洲至阳江口，转至西湖钥匙头，接望火山至宝积山背止。

新开钥：自鹁鸠山下至狮子山脚。

展旧壕：自南门东坝楮木下起，直至狮子山脚。

拓宽的南阳江构成了桂林城的南壕。西面的城壕多为重新开挖，水源主要是朝宗渠，在城池图上标作旧渠。朝宗渠来自北方，穿过西北方的丛山，本来流入西湖，现将其在狮子山（今名老人山）前切断，引其水入西壕，再加上阳江之水倒灌，使西壕有着宽阔浩瀚的水面，本来地势复杂的西城郊，平添了这条像漓江一样的天险，对西城的防守有极大的意义。

鸟瞰“两江四湖”（邓云波摄）

这些城壕不仅是当年“金城汤池”的重要组成，也是今天“四湖”的前身。

从历史发展的进程看水与桂林城的关系，我们不得不提到开凿于秦代的灵渠与开凿于唐代的相思埭（桂柳运河）。正如古人所言：“二渠之兴，……迹一线之泉流，而至于径达万里，联江会海，沃农田而资贾楫者，其为利于粤则均焉。”这两条人工运河和漓江水系连通，在现代公路铁路修筑以前，一直是岭南地区与中原、西南的交通命脉。它们构建的交通优势，使始安从边陲小城发展成岭南第二大政治中心，成就了唐宋名城桂林。

水美桂林

桂林自然形成的河流有 6 条，东有小东江、灵剑溪；南有南溪河、相思江；西有桃花江；漓江自北而南穿城而过，纳东、南、西诸水，而成为桂林的母亲河。这些天然水网，与桂林青山相互依存，构成“群峰倒影山浮水”的自然环境。尽管桂林山水之美，在唐代时已闻名遐迩，但宋人仍认为桂林山有余而水不足。水可以宣泄风土郁蒸之气，润泽城郭，“环城有水，如血脉之荣一身”。基于这一认识，宋人开始人造水景，最初是出于军事防御之需，在城南挖掘了“南阳江”（榕溪），在城西开挖了“壕塘”，后又开挖疏浚了西山下 700 亩西湖，使其呈现“苍茫皎澈，千峰影落，霁色清秋，景物辉煌，转盼若新”的景观。为了补水之不足，将诸水连成一体，又“于城北当道穿渠，其流东接漓江，西入西湖，达于阳江”。这条人工河渠就是北宋崇宁间王祖道开凿的“朝宗渠”，经范成大、方信孺继踵“鸠工增缮”，使得桂林城中的一湖、一渠、三塘（阳塘、壕塘、揭帝塘）、天然六水相互联通，形成桂林环城水系，串联起沿岸早已开辟的众多风景名山。加之宋人充分认识到水的妙用，着意在水畔兴建亭台楼榭，如湘南楼、八桂堂、泛绿阁、朝阳亭、熙春台、栖霞寺、释迦寺、环翠阁、骖鸾阁、怡云亭、得月楼、蒙亭、癸水亭等，使山水景观更富有诗情画意，构建了宋代桂林完整的水景体系，形成了宋代最有特色、最为普遍的水上游览活动。

“山无水不秀，水无山不活”，正是由于人工渠道的开凿，水源的充分利用，大片湖塘池沼的点缀，才使山川添秀，平原生色。“桂林山水甲天下”这一名言出现于南宋，绝非偶然。

水活桂林

世纪之交，作为一个国际著名的风景旅游城市，桂林以前所未有的力度推进城市建设与改造。核心就是做好“水”的文章，通过城市中心区域水边地带的建设，直接向纵深辐射，实现用地的置换与功能的调整；通过水边环境的建设，直接推动中心区城市功能的调整和完善。“两江四湖”环城水系工程正是这一战略思想的具体体现。所谓“两江四湖”工程，是指充分利用山水城市资源，在桂林市中心城区建设环城水系旅游综合开发项目，疏通、连接市区所有的江、河、湖、塘，清淤截污，开辟水上游乐项目；在江与湖、湖与塘、湖与湖之间新建、改建一批与桂林山水和谐的，充分体现现代科技水平和桂林文化内涵的，富有特色和观赏价值的桥梁；改造周围景观，在沿线建设一些上档次的特色园林建筑和仿古建筑、名人雕塑，种植名花名草，作为新的旅游景点。整个环城水系构成三个贯通而又具有独立风格的景区，分别是榕杉湖景区、桂湖景区、木龙湖景区，形成独特的水上游乐景观，将桂林建设成为一个公园城市和环保城市。

“两江四湖”工程的战略构想，是对历史的超越。

宋代创建的环城水系，随着宋朝的终结而风光不再。元明清时期，朝宗渠逐渐淤塞，西湖也淤积严重，至明末仅余一线流水出注漓江，自明代筑虹桥坝引阳江水由象山入漓后，雉山水路枯涸，游踪渐绝，难有往昔放游之便利，环城水系游览日渐式微。至民国，昔日城壕演绎成的城中湖塘，竟成了藏污纳垢之所，沿湖雨水、污水排放入湖，水体呈富营养化、水藻滋生、污泥淤积的状况。

历史进入现代，引入城市规划以指导城市建设之后，桂林最早的城市规划《大三民主义实验市计划》及1958—1960年作的《现代化工业城市规划》都曾做出贯通市区内江河湖塘，形成环城水系以通江河，便利交通、游览的规划，惜乎限于主客观条件，终成纸上谈兵。而今天的“两江四湖”工程更是站在历史的制高点上，是大型的环保工程、大型的城市基础设施建设工程、大型的旅游景区建设工程。

“两江四湖”一期工程于2002年竣工，从根本上改善了桂林市的生态环境，完善了城市功能，开拓了旅游城市的新格局。目前“两江四湖”二期工程也即将完工。该工程从 2009 年开始正式动工，其中由象鼻山到芦笛岩水域已于 2012 年底通水通航。现在正在施工建设的是“两江四湖”二期连通水系工程，东起“两江四湖”一期西清湖天然游泳池，西至桃花江肖家船闸，全长 2.5 千米。这次连通水系工程的开挖建设，不仅使“两江四湖”一期、二期相连，更是与历史上宋代环城水系的对话。

环城水系在千年之后重光，拓展，超越，凸显了桂林“城在景中、景在城中”的山水城市格局，实现了桂林城市“连接历史，通向未来”的理想，是桂林国际旅游胜地建设里程上浓墨重彩的一笔，也是桂林城市建设对经典的传承！

天赋自然　园城桂林

桂林山水园林历史悠久，数量众多，既不同于苏州的私家园林，也不同于北京的皇家园林、五台山的宗教园林，是典型的自然山水园林。

桂林的自然环境得天独厚，环城皆山，岩洞奇诡多姿；水系发达，江河湖泊众多；更兼气候宜人，生态优越，绿茵秀城，如诗似画，造园者巧妙利用自然风光，注入人文意识，创立了卓尔不群的桂林山水园林。

美不自美，因人而彰

桂林山水园林肇始于南朝，兴盛于唐宋，成熟于元明，到清代达到高峰。南朝诗人颜延之于公元 424 年开发独秀峰及读书岩，开桂林山水园林建设之风。

唐宋以来，许多北方名流学士相继南来桂林，甲天下的桂林山水成为他们修亭造园、开发景致、作文刻石的绝妙的理想之地。唐代开发建设的七星岩、隐山、西山、独秀峰、叠彩山、伏波山、南

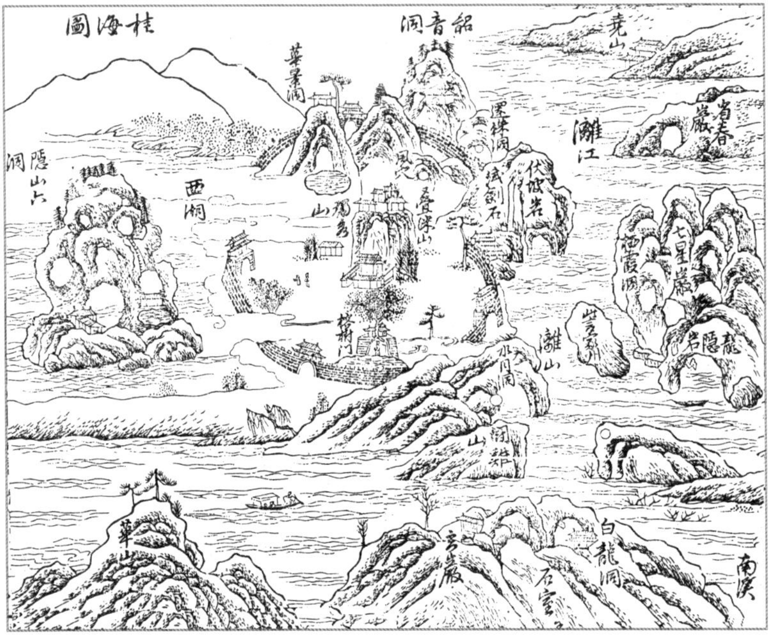

明代陈一贯《桂海图》

溪山、象山、訾洲、虞山、尧山等处园林，为桂林山水园林艺术的发展奠定了基础，形成桂林山水园林的基本格局。

宋代，桂林山水园林建设进入高峰时期。城内所有山林湖泊悉数成为园林之地，并在唐代的基础上，采用聚景、借景、理水、植树等手法，改造和美化自然环境，将山水园林的范围扩大，意境加深，展现出造园者的情思及对山水的认识过程，使桂林山水园林依从自然而又超越自然。

到元代，形成了桂岭晴岚、訾洲烟雨、东渡春澜、西峰夕照、尧山冬雪、舜洞薰风、青碧上方、栖霞真境等桂林八景，充分显示各自园林环境的特点。

明代将榕湖、杉湖由护城河变成内湖，从此成了人们着力营造的水域。王家园林的兴筑、宗教园林的增建、名人纪念园林的涌现、新建园林的设置，构成了明代桂林山水园林的新格局。

无限风光成领略。有清一代，桂林的私家园林广为兴建。榕湖沿岸是文人雅士私园宅院最集中的地方，有李氏家族的湖西庄及拓园，有桂林画家罗辰的芙蓉池馆、清代四大词家之一王鹏运家族的西园、唐景崧的五美塘别墅，都各具特色。

榕杉湖之外，广西粮道谢光绮的瞻榆池馆，亭台楼榭，柳树碧池，精巧自然。清代画家李秉绶的环碧园坐落叠彩山仙鹤峰北麓，山水池沼，备极清华。而唐岳的雁山别墅，相地合宜，构思精巧，一园兼具山、水、洞石、建筑、植物五美，闻名遐迩，被誉为岭南名园。

林园有类，各臻其妙

桂林山水园林大致有如下八种类型：王家园林、寺观园林、私家园林、署衙园林、祠宇园林、公共园林、陵寝园林、现代公园。限于篇幅，现仅述几例：

訾家洲亭。訾家洲原是漓江东一座平凡的绿洲，唐元和十三年（公元 818 年）桂管观察使裴行立对訾家洲进行开发建设，“伐恶木，刜奥草，前指后画，心舒目行”，构筑了各种园林建筑，“南为燕亭，延宇垂阿、步檐更衣，周若一舍；北有崇轩，以临千里。左浮飞阁，右列闲馆，比舟为梁，与波升降”，遍植花木。訾家洲经过建设后，成为桂林的一大名胜，到元代尤为桂林重要一景——“訾洲烟雨”。

八桂堂由宋代广西经略安抚使程节于绍圣四年（公元 1097 年）兴建，因其手植八株桂花于其间，故命名为“八桂堂”，是桂林最早的人工园林。

八桂堂园址选在叠彩、伏波、独秀三山之间的“隙野”之地，东以伏波山为界，西以独秀峰为界，北以叠彩山为界，南以土丘高坡为界。“独秀屹其孤，伏波嵘其伟，前缭以平湖，为菰蒲菡萏之境。”其主体建筑是八桂堂；在八桂堂的北面有开阔的水面八角塘，在八桂堂与八角塘之间有一片广庭，作为嬉戏游乐活动的中心地带；在八桂堂之东，建有迎曦楼，其西建有待月楼。在八角塘的水面上建有流桂泉、知鱼阁，在湖心筑有中洲，在土丘上筑有熙春台等。在建筑群落之间，种植了桃、李、桂等花草树木。

八桂堂建成后对游人开放，为一时胜游之地，南宋有影响的几部著作《骖鸾录》《桂海虞衡志》《岭外代答》及文人题刻均有记录。

靖江王府花园自明洪武年间靖江王封藩桂林之后，相继修建了王府、王城、王陵等，在桂林明丽的自然山水之间，融进了王家气息。尽管在明初王府始建时并没有规划王府园林，但从文献记载看，王府兴建之初，就把独秀峰、独秀洞、读书岩、月牙池等山、水、洞都包容在王府后院之中，到明中晚期，靖江王府独秀峰上下亭台及寺庙营建繁复，已成为西南胜景。

靖江王府园林继承桂林山水园林的特点，与其他明代王府园林相比较，其最大特色在于倚独秀峰建园。山峰天然生成，在桂林城

清·张宝绘桂林泊棹图

中拔地而起，高度达 66 米，比北京紫禁城后的景山还高近 20 米。登临独秀峰环顾四周，桂林山、水、城、林尽收眼底。

清代画家李秉绶的环碧园坐落在叠彩山仙鹤峰北麓，是一座以水为中心的山水私家园林，原址为靖江王宗室的别墅。园内建有簪碧堂、补萝芳榭、藕香榭、竹楼、虹桥、倚虹廊、知乐亭，围以竹篱，清水一碧，佳木幽篁，“与茂树清流相映带，殆不减辋川之胜”。环碧园的建造，完全表现出园主“啸傲林石间以为乐”的情怀。

清同治年间桂林近郊大岗埠地主唐岳修建的雁山别墅，将真山、湖水、洞溪、佳木与建筑物构成一个和谐整体，丘壑林池，莽菁自然，层次分明，清旷畅朗，具有典型的岭南园林风格。园内有钟乳、方竹两石山，山上林木苍翠，山中石洞通透，清泉汩汩，山下的碧云湖及相思江，增添园林的灵媚。园内的建筑有涵通楼、澄妍楼、红豆院、碧云湖舫、梅厅等，优雅别致、精工绮丽。园中的绿萼梅、方竹、丹桂、红豆树更使别墅生辉。

天赋其质，智详其用

桂林特殊的自然山水地貌在古代已被文人所重视，同时自然山水也需要人工修饰，正如《临桂县志·山川志序》所说：“桂林山水名天下，发明而称道之，则唐宋诸人力也。美不自美，因人而彰，独山水也欤哉？”唐·郑叔齐在《独秀山新开石室记》中说，独秀峰“胜概岑寂，人无知者”。在地方官李昌巙的主持下“壤之可跳者，布以增径；石之可转者，积而就阶。景未移表，则致虚生白矣！岂非天赋其质，智详其用乎？”山水虽是上天赋予的，但能否被人们善加利用才是关键。

清代广西巡抚郝浴建因而园，并作《因而园记略》，表达了他对造园的看法："慨自洛中、邺下、曲江、石头，名园藉史而累世名。贵人雅好移山倒水，辇材以崇巨丽，不夺造化而丧天真乎？于人不宜，于物不恕。吾唯一以恕。予之信步而如，负手而睨，养空而闻，何往非佳胜也！"他认为，园林建设，不必大兴土木，追求华丽，而要顺乎大自然的造化，贵在天然真趣。

曾任两广总督的岑春煊晚年在捐出雁山园时，写过一篇短文，叙其原委，其开篇说道："是为唐子实先生手艁之园也，山水纯乎天；花树历久，亦几于天；亭台之宜，则称于天。"虽说的是雁山园，但道出了桂林山水园林的特点：自然天成。

当代世界有两大园林体系：欧洲园林与中国园林。中国园林分为两大类：人工山水园与自然山水园。桂林山水园林是中国自然山水园林的杰出代表，它得益于大自然的鬼斧神工，更得益于两千余年的人文浸润。桂林自然山水的人化过程，就是桂林山水园林的开发成长过程。相对于张家界、九寨沟而言，桂林风景名胜具有深厚的文化底蕴和独特的人文气质，具有不可替代的审美价值。在这里，田园村舍与山水风光诗意交融，城郭街市与自然景观唇齿相依，城在景中、景在城中，桂林城就是一座大园林，大桂林就是一个开放的国家地质森林公园。如果这个定位是成立的，那么我们不仅要为桂林山水园林正名或命名，还有个对园林分类重新定义的任务。

漓江西岸局部之
伏波山伏波门一带

附录

访谈：通过一张张老照片重新发现桂林

记者：您在《桂林晚报》开了长达两年的文化专栏，从每篇文章中都能读出您对桂林历史文化以及对这座城市的感情。您是从什么时候开始跟桂林历史文化研究打上交道的？

凌世君：我 20 世纪 80 年代大学毕业后，分配在全国独一无二的政府机构——桂林市政府文化研究中心历史文化研究室工作。当时（研究）中心聚集了一批桂林的文化精英，此外还特聘桂林文化界有建树的专家学者、文化工作者做特约研究员，为市委、市政府在文化方面的决策提供建议。在这些文化前辈们的引领之下，从在图书馆抄录桂林抗战文化资料起步，我开始走上了桂林历史文化研习之路。

记者：目前，收集到的桂林老照片数量大约有多少？有没有一个统计？这些照片主要来自哪里？包括哪些类别？

凌世君：没有做过详细统计，也没法做统计，因为“桂林老照片”的“老”，在时间上没有做出界定。是 1949 年以前，“文革”以前，还是改革开放以前？不确定。这么说吧，仅 1949 年以前的桂林老照片，就有一千张左右。就目前我们所掌握的资料来看，桂林的老照片有如下几个来源：德国建筑师恩斯特·柏石曼所摄，美国天主教会玛利诺团传教士及英国教会教士医生所摄，美国教会教师约翰·沙克福特所摄，美国新闻记者哈里森·福尔曼、杰克·威尔克斯所摄，桂林二我轩照相馆所摄，清末民初到中国旅行、探险、搞社会调查的外国人如《中国十八省府》的作者威廉·埃德加·盖洛等所摄，民国年间到桂林旅游的旅行团成员及一些文人摄影爱好者所摄，以及一些政治团体、机构、报刊、文化活动的组织者出于宣传和保存资料的目的安排专人所摄影的一些照片。在美国的军队编制里，有专司摄影的职业摄影军士，他们也拍摄了大量有关桂林的照片，因为桂林曾经是美国空军“飞虎队”的驻地。这些照片主要保存在英美一些大学的图书馆、档案馆，教会的档案馆，美国军方的档案馆，《时代》杂志的档案馆等。近年来，随着互联网技术的发展，加上一大批桂林文史爱好者的努力，大量珍贵的桂林历史图片被挖掘出来。这些照片的内容包罗万象，涉及桂林的山水城池、建筑桥梁、名胜古迹、市井生活、医院学校保育院、民风民俗、文化活动、街头场景、铁路机场码头等交通设施、飞机火车轮船汽车等交通工具、军队生活、军容军貌、战争场景、战场遗迹等。这其中，有重大历史事件及人物，比如：孙中山在桂林发表演讲、西南剧展等。但更多的是普通的市民——贩夫走卒、引车卖浆者流（鲁迅语）的日常生活。

记者：早在 2011 年，您就策划了“百年光影——桂林城市记忆”图片展，出版了同名图书，现在还一直在搜集桂林老照片，为什么如此钟情于这件事？

凌世君：这个展览虽在 2011 年完成，但筹划这件事情，却是在 2005 年就开始了。我当时在档案部门工作，职司档案的编研征集，我的工作思路是要将这两项本没什么联系的工作有机地结合起来，以征集带编研，以编研促征集，开拓档案编研征集工作的新局面。

“老照片热”的兴起，先是引起了桂林民间人士的注意。坊间一些茶楼酒肆，广为收罗老照片，用于装饰，营造一种怀旧的文化氛围。华生论坛、桂林人论坛、广西师大的 BBS，还有一些桂林人的博客，也贴出了一些老照片主题帖，许多热心的桂林网友跟帖，希望有机构能将这些老照片收集整理成册，出版一本桂林自己的老照片集。出于职业敏感，我自然也关注到了桂林的老照片热。我查找了我们馆藏的历史照片，发现非常少，仅有 20 世纪 80 年代二我轩照相馆的后人英家所捐赠的几十张老照片。我开始追踪这些老照片的发帖者，并且通过网络跟他们成为朋友，彼此互通有无，从一个更大的视域范围来收集这些老照片。随着手头收集到的老照片越来越多，我认定了老照片是实现编研征集双结合的突破口，制定了《大桂林旧影》的编研征集工作方案，其最终目的，是举办一个桂林老照片的展览，出版一本桂林老照片的书，我和科室的同事们一起，开始了长达四年多的准备。

机遇永远是给有准备的头脑准备的！正当我们的老照片积累已经基本完成，却苦于无法实现时，机会来了：2010 年桂林市档案馆要升国家二级馆，在评估条件中，有举办展览和出版编研成果的硬性指标，恰逢档案局新一任领导班子上任，局主要领导和分管领导都十分开明，全力支持并放手让我们做事，在我和我的团队，包括科室同事和民间文友的共同努力下，“百年光影——桂林城市记忆”展览于 2010 年暑期开始在档案馆展厅试展，没想到这个展览在市民中引起了强烈反响，随后由广西师大出版社出版的同名图书，更是广受欢迎。

用照片的形式把一座城市整整一个世纪的历史、社会发展和世俗风情直观地介绍给读者，这在桂林历史上尚属首次。许多人都以参观展览，拥有一本桂林老照片的书为念，看过展览和书的老桂林都非常激动，那些睡在门槛上的孩子、站在街边卖石灰的贩夫、在船上撑杆摇橹的船家、蹲在废墟上悲泣的妇女、穿着草鞋走在行军路上的士兵都是我们的先辈，触动了市民们内心最柔软的情怀，他们从古城的旧影里，寻回了渐行渐远的历史记忆，重温了这座城市百年来的光荣和梦想，毁灭和新生，唤起了对这座城市的爱恋与呵护之情，心灵获得了一种抚慰和满足。许多人都用功德无量来褒奖《百年光影》一书的出版。作为这本书的具体策划者和组织编写者，我固然感到万分的欣慰，同时也引发了我的一些思考。回首这本书的编撰过程，我有两点感慨：一是广大市民对故城家园的精神守望；二是民间人士对文化传承的自觉。

说到为什么钟情于桂林老照片的收集，一是我曾经的职业赋予我的责任。从专业的角度考量，20 世纪八九十年代以来，中国社会面临巨大的变革，随着经济持续快速增长，城市化进程日益加速，城市改造和建设的力度超过了以往任何一个时代。旧城的风貌逐渐变成了人们脑中模糊的记忆，取而代之的，是一座座失去了个性特征、面貌趋同的现代化新城，由此造成了城市历史与文化印记的消失。城市历史与文化的缺位，隔断了我们与心灵家园的联系，使我们变成了无本之木、无源之水。近些年来，保护、抢救城市历史文化成了大家的共识，各地纷纷开展城市记忆工程。

摄影是近代科技发展的产物，因此视觉文献在历史研究中始终不曾得到应有的重视，但正如中国近代史研究专家雷颐先生所言，“自摄影术发明以来，影像就渐渐成为历史书写的一部分。以图证史，图文互证，相互阐释，历史越来越丰富、真实、生动”，视觉影像对还原、修复历史记忆的作用，经常是文字和实物所难以企及的。一张珍贵的照片向人们传达的历史信息，要用几百字甚至上千字才能说清楚。桂林老照片是桂林城市记忆的直观表述图语之一，若干老照片集合起来，可以帮助后人将近代桂林历史勾勒出些许轮廓，对有些年纪的桂林人来说，那些场景是他们所亲身经历的；对年轻人来说，是在用图片给他们讲过去发生的故事。所有这些，都可以激发人们对这座城市的了解，对这座城市的爱，用文化的因子来激发凝聚力，提升文化自信和自豪感。

二是收集、解读这些老照片是一件愉快的事情，每一张老照片的出现，都使我对桂林这座古城的感性认识更增加一分，对老照片的每一次解读，都促使我去学习、去积累相关的知识，每次找到新的证据，能够纠正以前人们认识上的误区，都使我有些许成就感，比如，关于大学士牌坊的解读等。再有就是连锁反应，比如因为办了展览，出了书，在业界有些名气，有些关于老照片的事自然就找到了我，比如开晚报的专栏等，欲罢不能。

记者：除了桂林老照片，您对桂林历史文化还有哪些方面的研究？

凌世君：桂林老照片在我的研究范围内其实是个新课题。我最早接触到的课题，是桂林抗战文化城，在图书馆抄了一年的旧书旧报，这是我关于桂林历史文化的原始积累；此后因为参与《世界名人赞桂林》《桂林旅游大典》《桂林山水诗选（清代）》的编选，接受园林城建方面的写作任务，又开始涉猎外事、旅游、城建、园林这些方面的研究课题。先后主持完成了桂林市哲社重点课题《桂林文化发展战略研究》，担任课题组长和主要执笔人，报告摘要收入2007年《广西文化发展报告》（蓝皮书），课题获第二届桂林哲学社会科学研究课题类优秀调研报告一等奖（政府奖）。

2008年主持完成了《桂林历史文化名城古街区、古建筑调研》课题，担任课题组长；2009年主持完成《桂林山水历史文化城市保护规划和建设》课题调研，担任课题组长；2014年具体执笔完成了市委、市政府“寻找文化的力量”重大文化课题宗教文化专题调研报告的写作。

记者：据我所知，在桂林民间，有许多关注和挖掘桂林历史文化的热心人士，您跟他们有交往吗？

凌世君：在桂林，有官方的文化活动，比如文化大讲坛、百姓文化大舞台、广场文艺会演等；也有民间自发的街头演出，比如唱彩调、文场等；也有小众的沙龙、文场堂会、QQ群活动等。我深信“智慧在民间”，我本人加入了一个人文爱好者群，群里的成员来自各行各业，我们经常会组织一些采风和田野考察，像采集龙船歌、踏勘古民居、寻找石刻石雕等，皆收获颇丰。这些民间历史文化爱好者，是我在历史文化研究之路上最亲密的战友和后盾。说实话，与专家学者、文化官员比，在情感上，我与这些民间文化爱好者更亲近些。文化的薪尽火传，需要市民们的参与。

记者：当前，桂林正在实施“寻找桂林文化的力量，挖掘桂林文化的价值”，在您看来桂林最亟须挖掘和传承的历史文化是哪些？

凌世君：在我看来，桂林有一批可敬的文化老人，他们用数十年的时间，做桂林文化某一方面的研究，他们浑身是宝，但由于年事已高，对现代技术比如电脑录音录像不熟悉，加上信息不对称，他们无力将他们的成果整理出来。有些研究成果整理好了，却迟迟得不到出版资助。比如文场大师何红玉，手头就还有几部文场专著等待出版；儿歌大王徐承翰的儿歌作品及龙船歌研究，也因为没有获得资助而无法在国内出版；桂林民国史专家赵平先生，自费出版有关飞虎队的书籍却遭遇无良出版商人，最终含恨离世，这是非常令人痛心的事情。20余年来，通过各种渠道，我曾经帮助过一些文化老人，但毕竟能力有限。我认为，抢救这些文化老人终身积累的文化财富，使之能够很好的传承，是当务之急。

记者：作为“寻找桂林文化的力量，挖掘桂林文化的价值”的代表之作，东西巷和逍遥楼既实现了历史文化的传承保护，成为桂林新的文化地标，还带动了旅游，社会效益和经济效益都日益凸显。我知道您之前做过旅游研究，您认为目前还有哪些桂林文化可以跟旅游联姻？

凌世君：文化与旅游本身就有很密切的关系，从旅游的属性来说，对异质文化的追求，本身就是旅游的题中应有之义。阳朔民宿中，对老旧村落和房屋的改造利用，龙脊梯田晒衣节等民族节庆活动的策划，漓水人家传统村落的活态移植保护，愚自乐园的华丽转身及其与地中海俱乐部的联手等都是文化与旅游联姻的有益尝试。

但说到底，我并不主张历史文化的功利化和庸俗化。文化的最高境界是以文化人，是给一地的民众心灵以滋养，精神以润泽。古人形容的“看山如观画，游山如读史”，大约就是这样的境界。

记者：对于桂林历史文化研究，您还有什么计划？

凌世君：我年初调到党史部门工作，这对我来说是一个新的课题，需要花时间去了解与熟悉。此外，我手头有一部酝酿了几十年的书稿，正在进行最终的完善，在贵报开设的专栏文章，也有结集出版的打算。习总书记要求我们学习党史、国史，市委分管领导白副书记到我们单位调研时也要求我们部门要宣讲党史、城史。今年以来，我应邀走上讲台，给公务员、大学生宣讲桂林城史，讲述这个城市的光荣与梦想。读懂桂林这座历史文化名城，为桂林历史文化的发掘和传承尽自己的绵薄之力，就是我今后的目标。

（《桂林晚报》2017 年 8 月 14 日第 24 版“文化 · 访谈”）

后记

凌世君

如果说创意策划、组织编写《百年光影——桂林城市记忆》、举办同名展览，是我在老照片资源使用上的集体时代；那么，在《桂林晚报》开设《光影桂林》专栏，则开启了我在老照片资源使用上的个人时代。

没有深度解读桂林老照片，是我组编《百年光影——桂林城市记忆》留下的遗憾。感谢《桂林晚报》副刊部主任、著名诗人刘春，晚报编辑肖品林，他们以高度的文化自觉和独到的眼光，为我量身定制了《桂林晚报·光影桂林》专栏，用老照片来说桂林事，弥补了这个遗憾。自2015年5月起，每周一期，《桂林晚报》文化版周日刊登，一图（或二图）一文。由于自己主观上的原因，2016年8月起，改为每两周一期，直到2017年5月《桂林晚报》副刊改版，专栏结束。两年下来，得文75篇，刊图约100幅。

在这两年里，每周一篇或者两周一篇的文稿写作，固然给了我很大的压力，但更多的是感受到了追寻历史、文化遗踪，探索城市发展脉络的乐趣。摆在我面前的每一张珍贵的照片都包含了丰富的历史信息，为了更好地解读这些照片，我需要不停地向自己提出问题，需要调动多年来的积累，需要查证大量的历史资料，需要向学界前辈和更多热心于桂林历史文化研究的朋友们请益。解读的是一幅幅照片，收获的是对桂林丰厚的历史文化积淀的新认识、新发现。从当年十字街繁华的街景，从中正桥头熙熙攘攘的人流，从漂浮在漓江上的红帆船，从慷慨赴死的民族英烈遗留的手泽……从这些同样历经沧桑终于留存至今的老照片上，我更加明确地意识到，桂林的历史文化就在我们每一个桂林人的身边，从未走远。

专栏结束后，接受朋友们的建议，我把专栏文稿、图片汇集起来进行编辑及必要的修改，分为山川城池、百姓滋味、碎影流年、往昔风云四个板块，并增补了近年来《桂林晚报》文化专栏约稿的有关桂林历史文化的四篇文稿，及一篇《桂林晚报》记者、编辑肖品林对我本人的专访《通过一张张老照片重新发现桂林》作为外篇，共计80篇文稿。开设专栏时，限于篇幅，每篇文稿通常配发一张或两张图片。为了更好地发挥图片的作用，我对一些重要题材且又有老照片资源的文稿进行了图片补充，后又接受专家建议，对重要节点进行了现状拍摄，进行新旧对比，使同一地点的历史样貌有更清晰的呈现。

“机会总是留给有准备的人的”，感谢桂林市文联主席何绍连对本书出版的关注与支持；感谢市文联文学艺术研究室李幸芷主任，将本书列为课题项目，资助出版；艺研室的雷林杰先生做了许多通联工作，也一并感谢；感谢毛荣生先生为本书撰写了精彩的序言，为本书提供了一份难得的导读；感谢广西师范大学出版社编辑唐燕女士为本书付梓付出的心血；感谢在以往的岁月里，跟我一起开发老照片资源的王晶、林哲、邓云波、莫菡栖、白孝启、林志捷、毛建军、徐旭霞、王树勤、韩海彬、卯兴明、司继林、林涛、周琥、宾丽、潘宁、王文翔、白榕等同好，没有策展“百年光影——桂林城市记忆”及组编同名图书打下的基础，《光影桂林》的专栏文章不会写得那么顺畅。尤其要感谢其中的林哲和王晶两位道友，在专栏开设的两年时间里以及成书编辑过程中，总是有求必应，给我提供了许多他们独家掌握的老照片。特别感谢桂林人文爱好者群的群友王树勤，跋山涉水，短时间内完成了重要节点与老照片同一角度的现状拍摄。

书稿编成后，又经桂林文史专家林京海、贺战武，摄影家邓云波，广西师大出版社资深编辑罗文波的审读，专家们从各自专业的角度，提出修改意见，使这部书稿，最大限度地避免了硬伤的出现，编排也更加合理。

我还要特别感谢关注这一专栏的热心读者，没有他们的热心阅读及通过各种方式反馈信息，专栏不可能维持两年的时间。桂林日报社的资深校对赵士铮老先生，就是其中有代表性的一位。在专栏开设的两年时间里，他每隔一段时间，都要联系我，将他在文中发现的错漏列出清单，交给我。这些校改，绝大多数是正确的或有道理的，这些，我都一一做了订正。

回望岁月的长河，面对这本以桂林老照片为题材的图书，我有一些感叹：我们不可能复活桂林古城风貌，但我们可以在这里重温城市的历史；我们不可能再现祖辈的生活场景，但可以在这里守望我们的精神家园。

→
漓江两岸的主要风景示意图

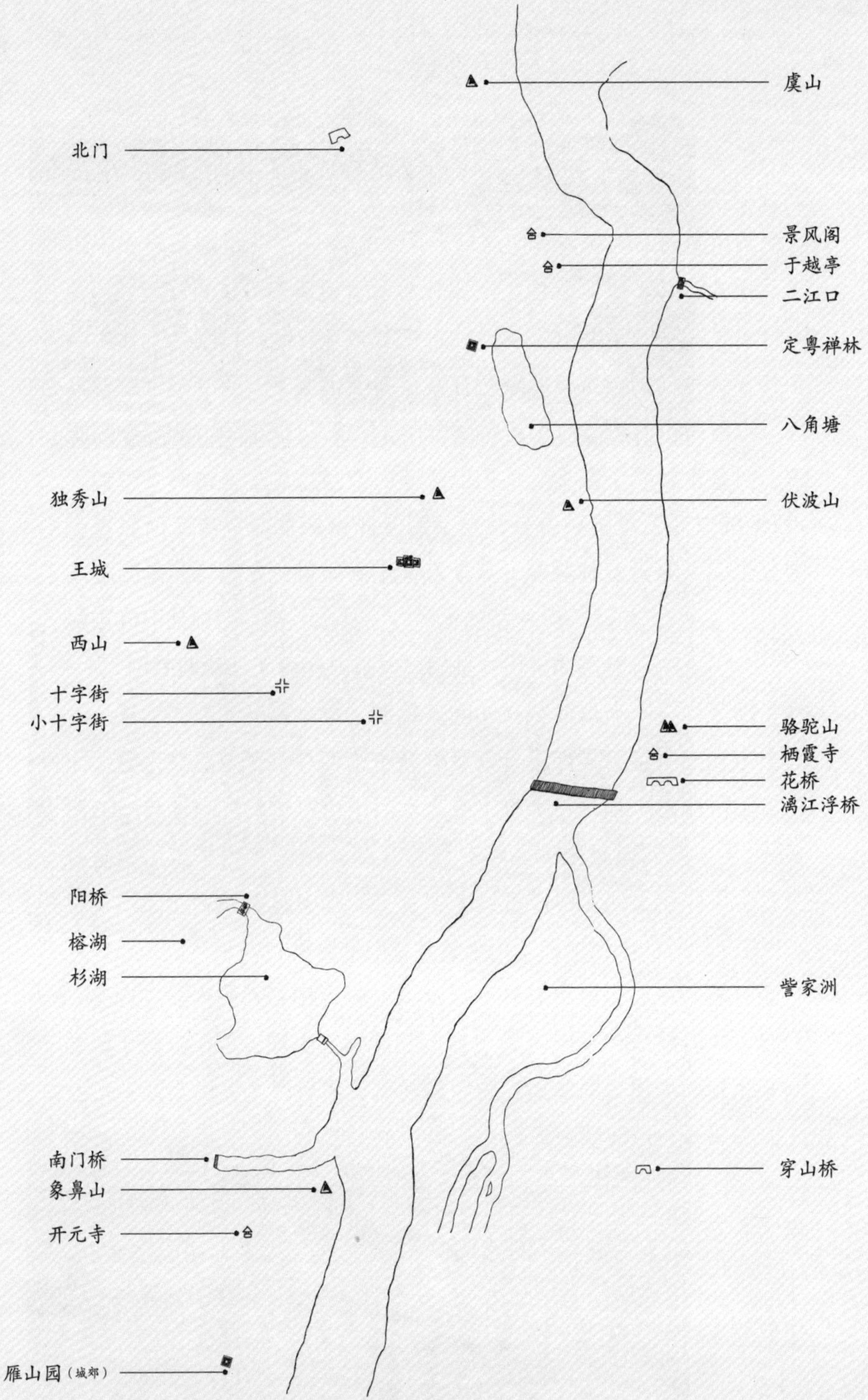
虞山
北门
景风阁
于越亭
二江口
定粤禅林
八角塘
独秀山
伏波山
王城
西山
十字街
小十字街
骆驼山
栖霞寺
花桥
漓江浮桥
阳桥
榕湖
杉湖
訾家洲
南门桥
穿山桥
象鼻山
开元寺
雁山园（城郊）

2 / 3

右：即今解放桥，2018年

左：漓江浮桥，20世纪二三十年代

右：即今解放桥，2018年

左：中正桥，1942年

右：即今临江路，2018年

左：泥湾街，1944年末至1945年

4 / 5

右：即今漓江西岸滨江路，2018年

左：20世纪30年代的桂林浮桥，后面沿江一带即盐行街

右：同一地点，2018年

左：桂林漓江上的浮桥，1933年

右：同一地点，2018年

左：象鼻山以北的漓江江面及西岸，1942年

6 / 7

右：同一地点，2018年
左：伏波山以南的漓江江面及西岸，1942年

右：同一地点，2018年
左：伏波山伏波门前的帆船，20世纪30年代

右：同一地点，2018年
左：明信片上的象山，民国初期

右：同一地点，2018年

左：漓江上的渔船、渔民与鸬鹚，晚清时期

右：同一地点，同一事件，2018年

左：漓江上正在进行龙舟赛，远处可见穿山和塔山，20世纪三四十年代

右：今二江口，2018年

左：民国年间的上关、二江口

右：同一地点，2018年

左：桂林花桥北侧，20世纪三四十年代

右：同一地点，2018年

左：花桥南侧，20世纪三四十年代

右：同一地点，2018年

左：花桥下的市场，20世纪三四十年代

右：即今穿山桥，2018年

左：始建于明代的成顺桥，摄于20世纪三四十年代

右：今南门桥，2018年

左：1991年南门桥改造时，中学生义务劳动的场景

右：今杉湖，2018年

左：杉湖东南端，清末

右：即今榕湖黄庭坚系舟处，2018年
左：榕湖北岸大榕树一带，民国年间

右：同一地点，2018年
左：榕湖环湖路市政广场及桂林市政纪念碑，20世纪30年代

右：同一地点，2018年
左：榕湖，1988年

右：同一地点，2018年

左：民国时期的桂林北门，远处为叠彩山仙鹤峰

右：同一地点，2018年

左：虞山，20世纪三四十年代

右：同一地点，2018年

左：虞山及虞山庙，20世纪三四十年代

右：同一地点，2018年

左：明信片上的虞山，民国初期

右：同一地点，2018年

左：清末的王城

右：如今的桂林城，2018年

左：被日本侵略者轰炸后的桂林城

右：如今的道生医院旧址，2018年

左：道生医院，1946年8月

右：同一地点，2018年

左：西林公园（雁山园）一角，摄于1935年

右：同一地点，2018年

左：雁山园，20世纪三四十年代

桂林伏波山

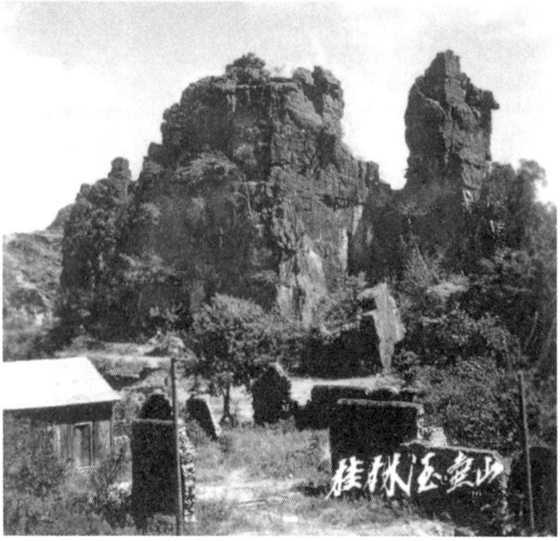

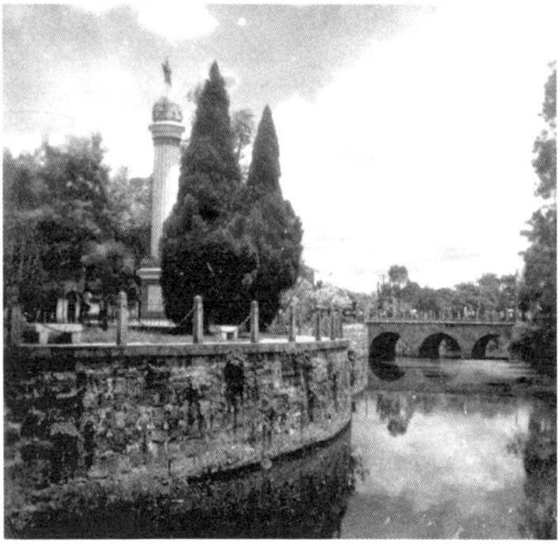

右：即今骆驼山，2018年
左：壶山，20世纪三四十年代

右：同一地点，2018年
左：阳桥，20世纪五六十年代

右：同一地点，2018年

左：桂林安定门（北门）月城一角，20世纪30年代

右：同一地点，2018年

左：十字街，1944年

桂林城新貌照片摄影：王树勤

古与今，旧与新，在时光中互相辨认。